SPACE AND SHAPES

A JUPITER ELEMENTARY ACTIVITY BOOK

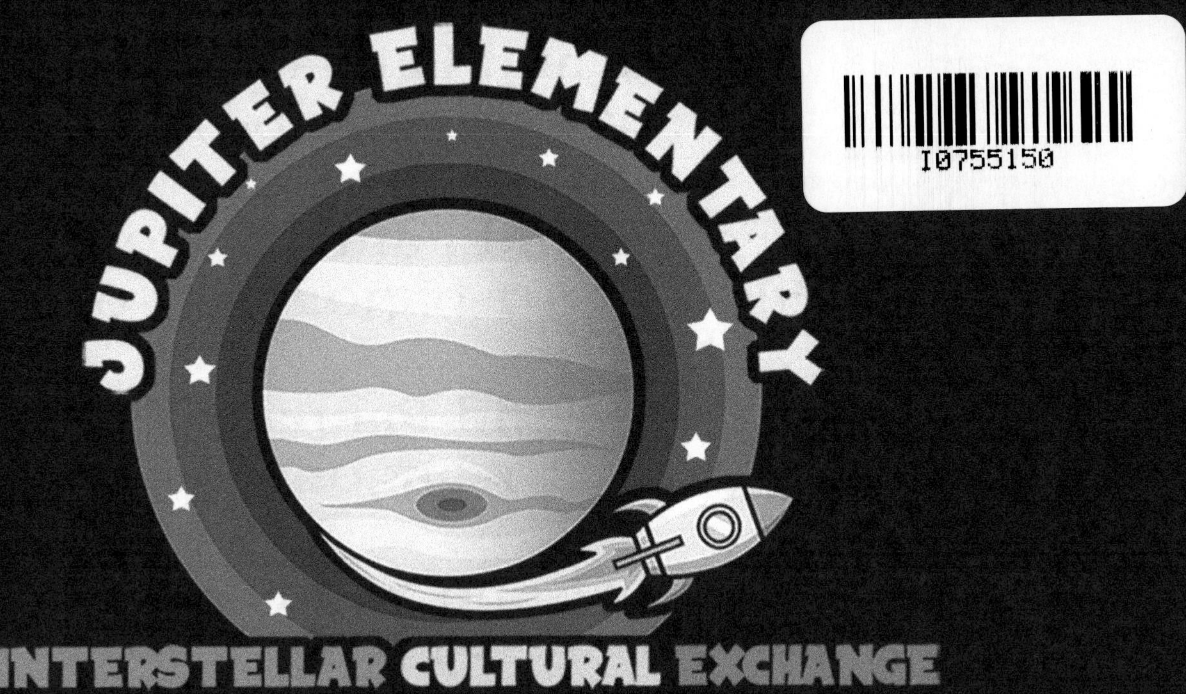

INTERSTELLAR CULTURAL EXCHANGE

with Crayons!

TOBIAS AND HIS CLASSMATES WILL BE THE FIRST STUDENTS AT A NEW SCHOOL.
WHERE IS THEIR SCHOOL?
ON ONE OF JUPITER'S MOONS!

JupiterElementary.com

ISBN-13: 978-1-953026-01-9
Second Edition

Other Activity Books From Tumble Creek Press

Flora, Fabric and Fauna of Erduce'
ISBN: 978-1-953026-98-9

Flora, Fabric and Fauna of Ponosta
ISBN: 978-1-953026-99-6

Flora, Fabric and Fauna of Callen
ISBN: 978-1-953026-00-2

Flora, Fabric and Fauna of Azin
ISBN: 978-1-953026-96-5

Flora, Fabric and Fauna of Endelle
ISBN: 978-1-953026-97-2

Jupiter Elementary - Art of Space

Learn to Make Teen Comics
ISBN: 978-0980066081

Join us on Twitter @TumbleCreekKids

TumbleCreekPress.com

TOBIAS

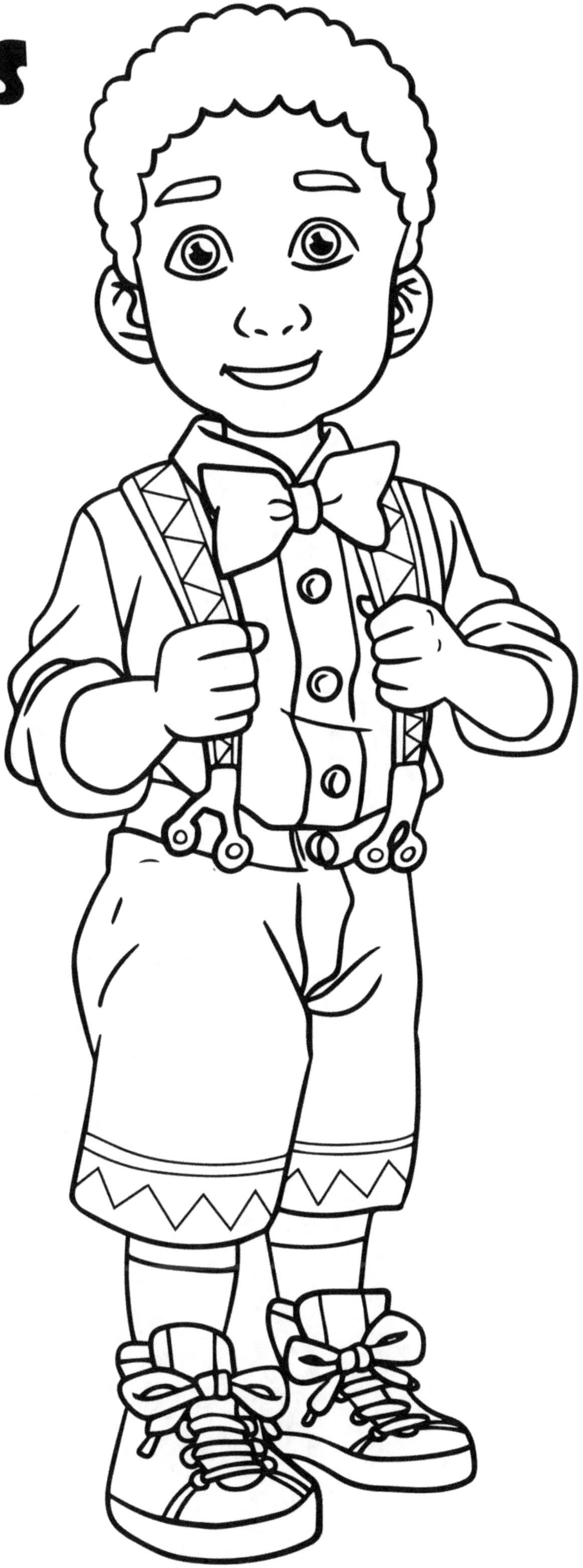

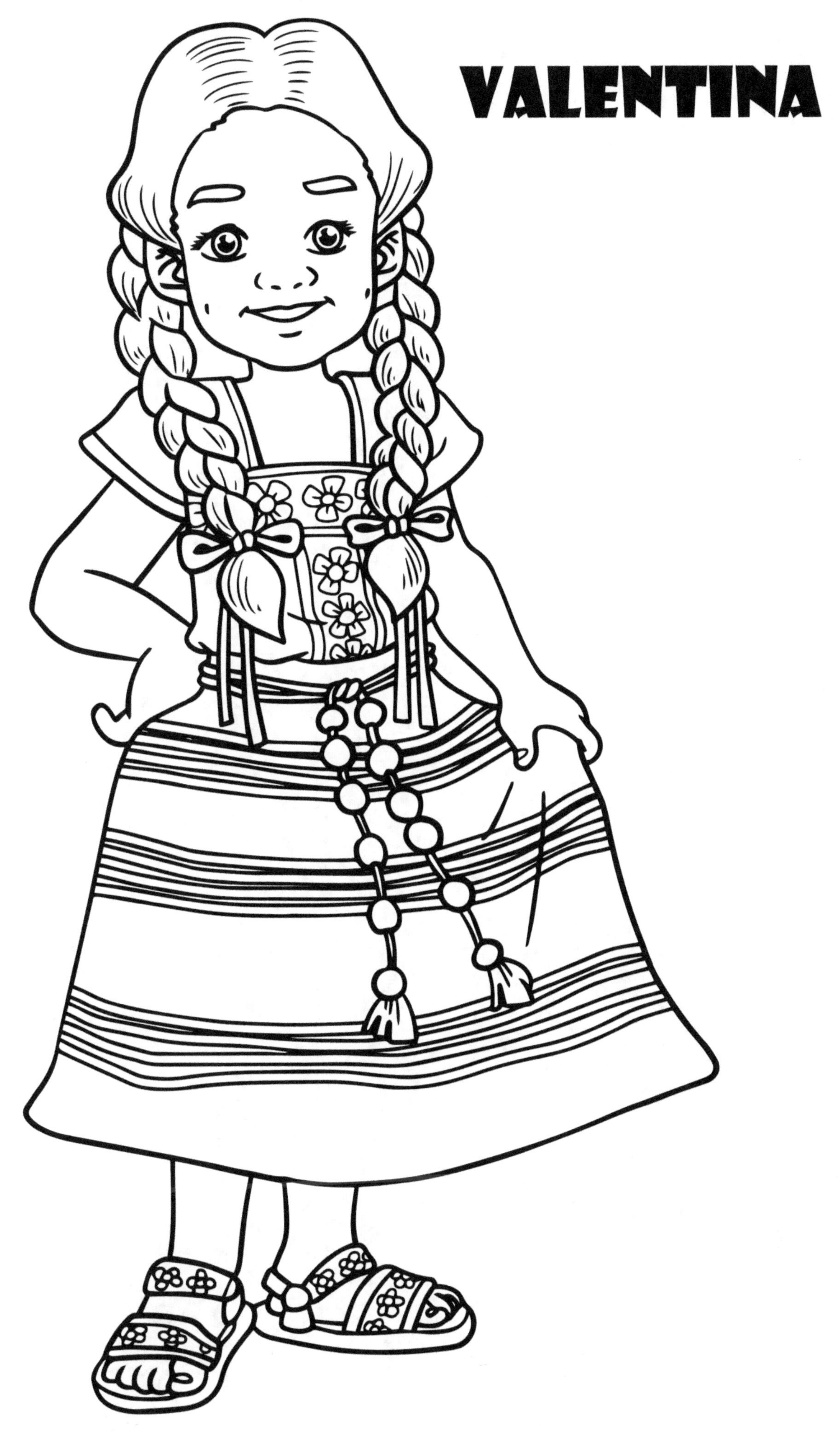
VALENTINA

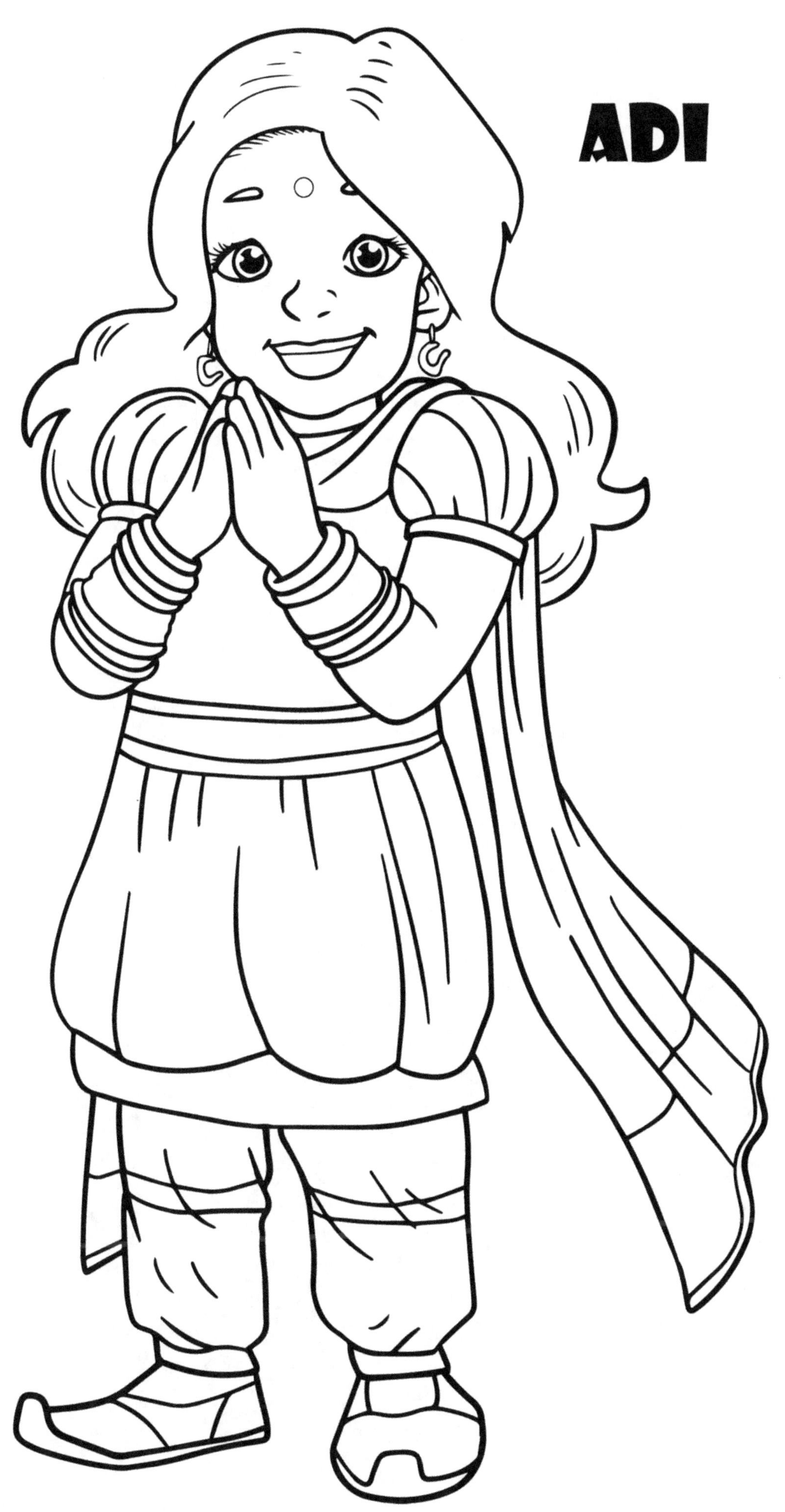
ADI

MALA

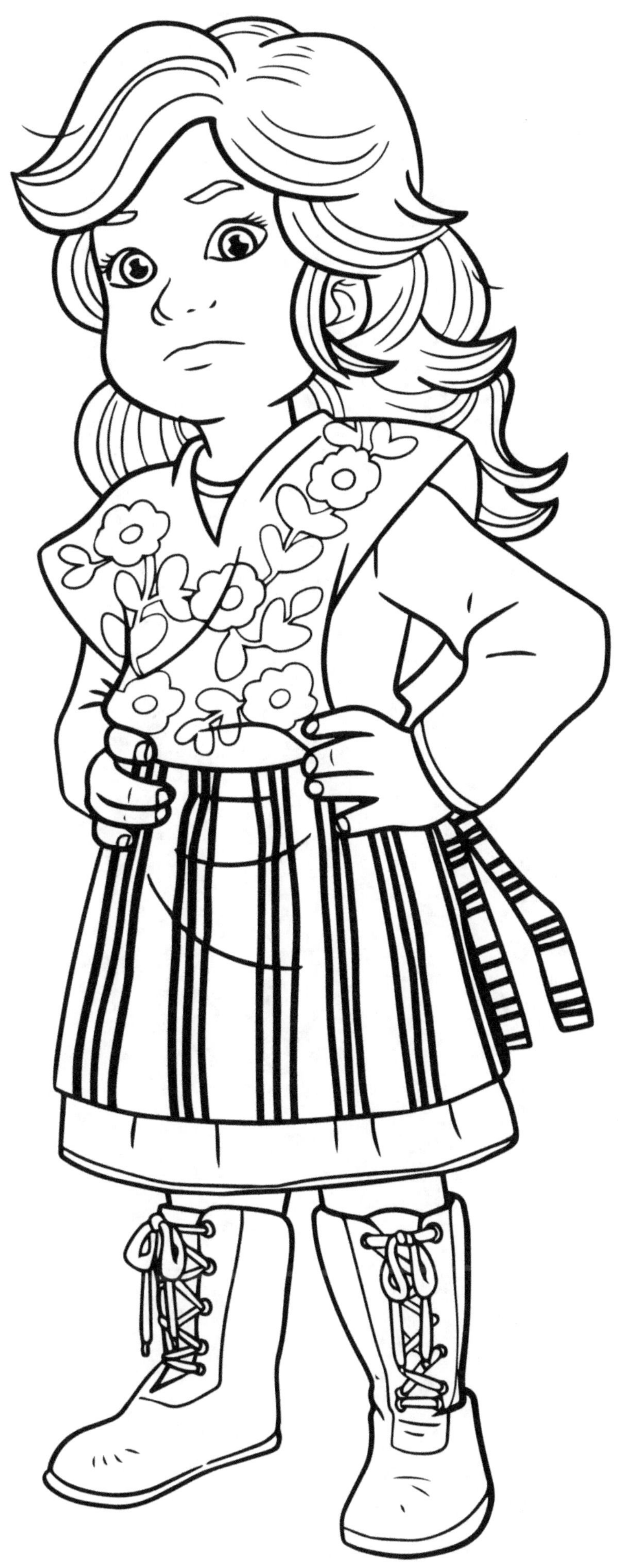

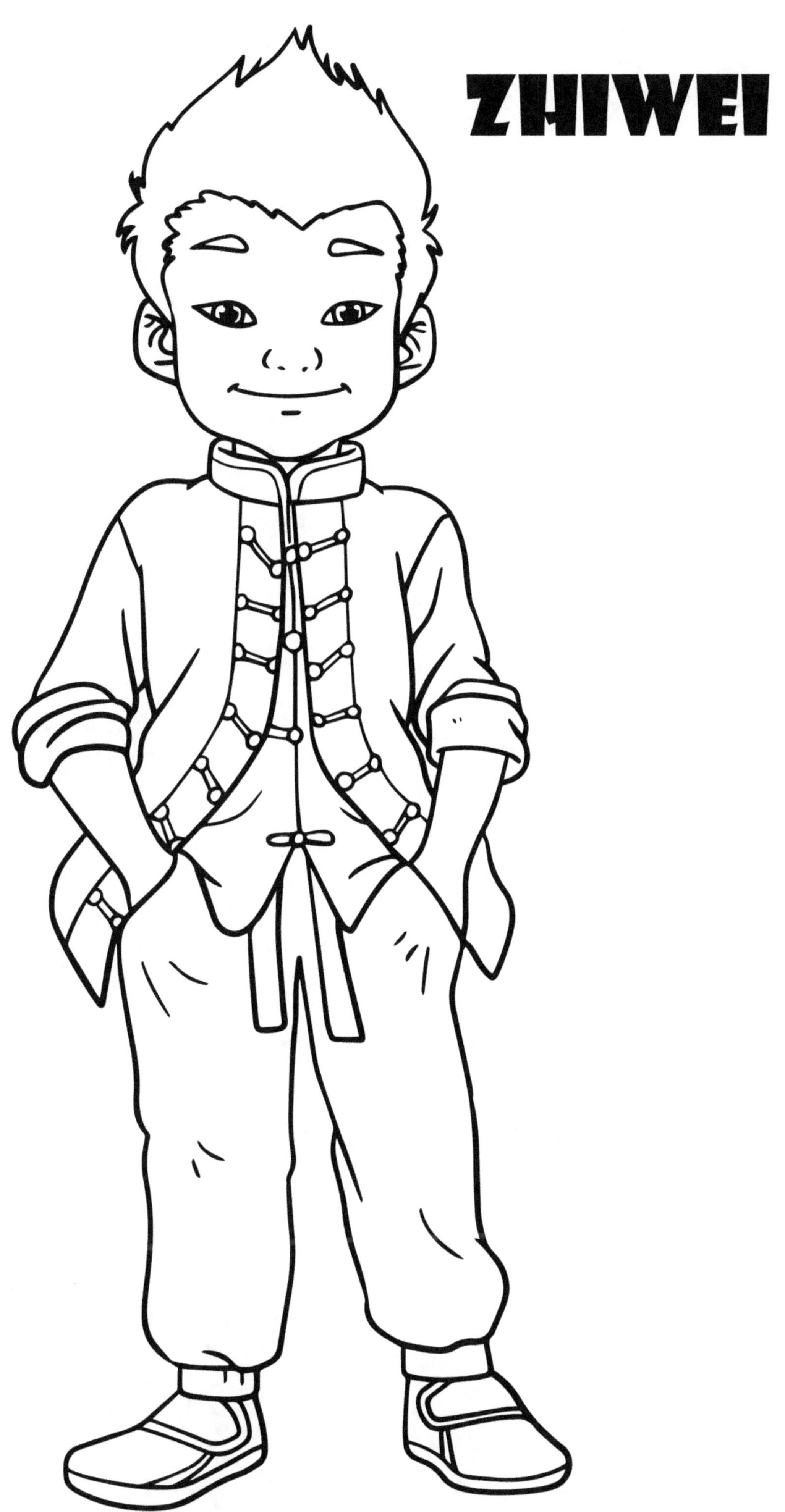
ZHIWEI

DRAW A PICTURE OF YOURSELF IN YOUR FAVORITE OUTFIT

PEOPLE AND PLACES

U
B
H Q J
Y O D
M E S V Q
Y Y M D S
E A G A J E Y
S A I B O T O
C I N R V F E F D M T O A I N D I A Q M P
X I A N I T N E L A V T W Q I N D L M
Z T W M M R L W F W S Q P K J X G
Z H I W E I S U Q D T U E S P
I E O W R Z G K E N A F Y
V C D M M B D T E N K
X I V V S K B I D I H
H A X N G H T V N E H S L
R D E V Y C V U W C Z B
M D S M M F Z S C A A G
A L A M Y V E U K U
B I D A H S Q J
L K E Y
K G

WORD LIST:

ADI
CHINA
INDIA
MALA
MEXICO
SWEDEN
TOBIAS
UNITED STATES
VALENTINA
ZHIWEI

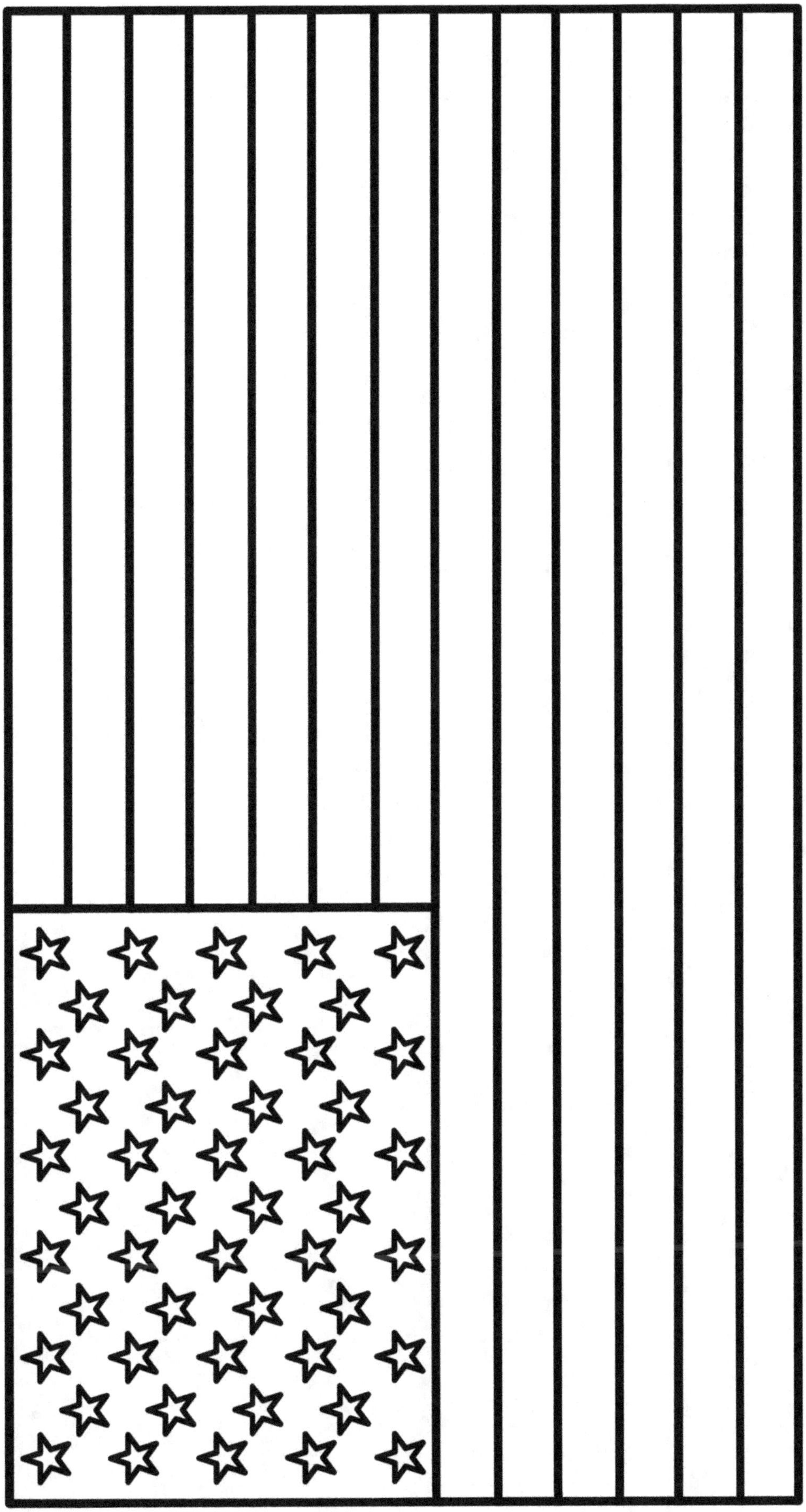

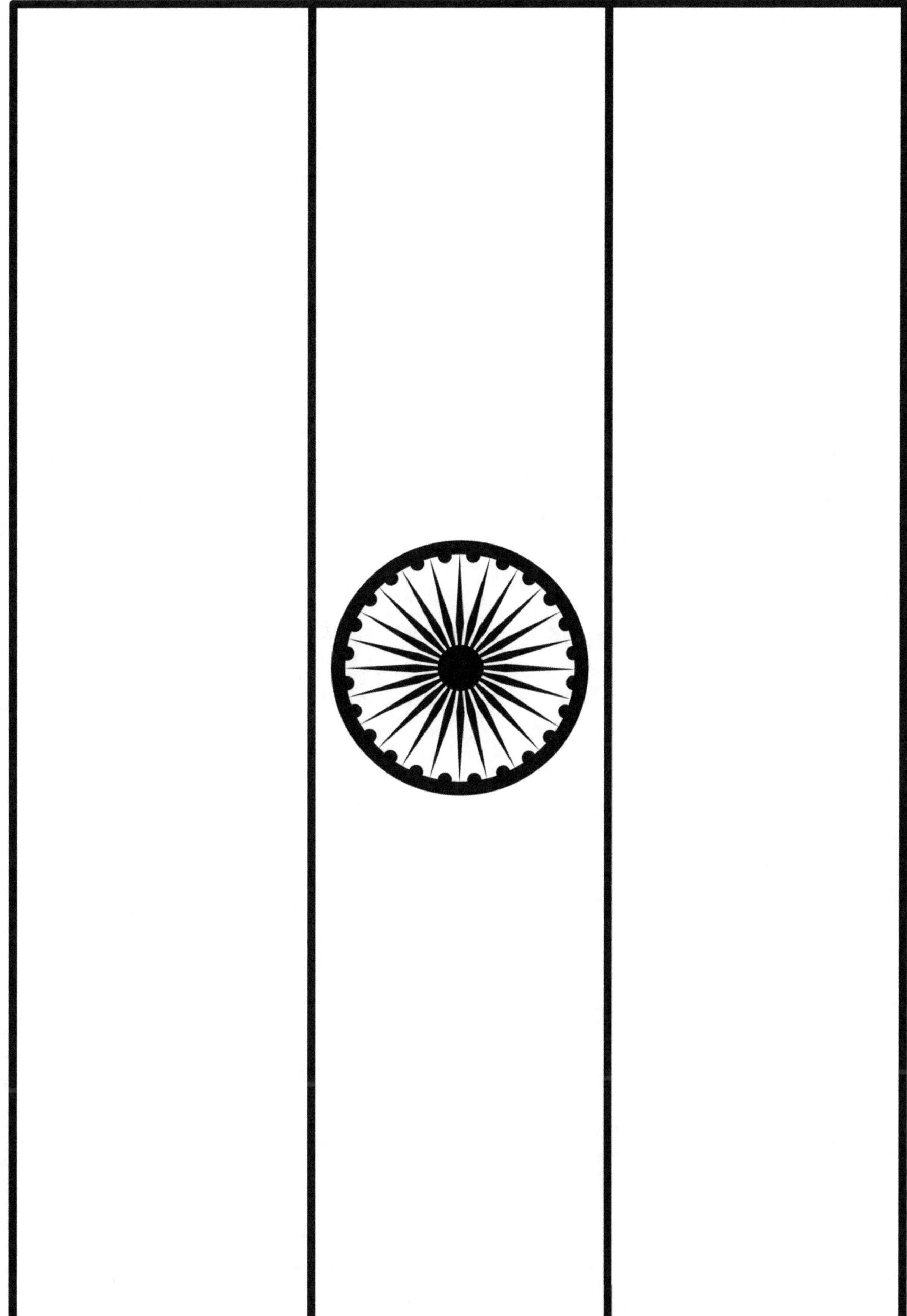

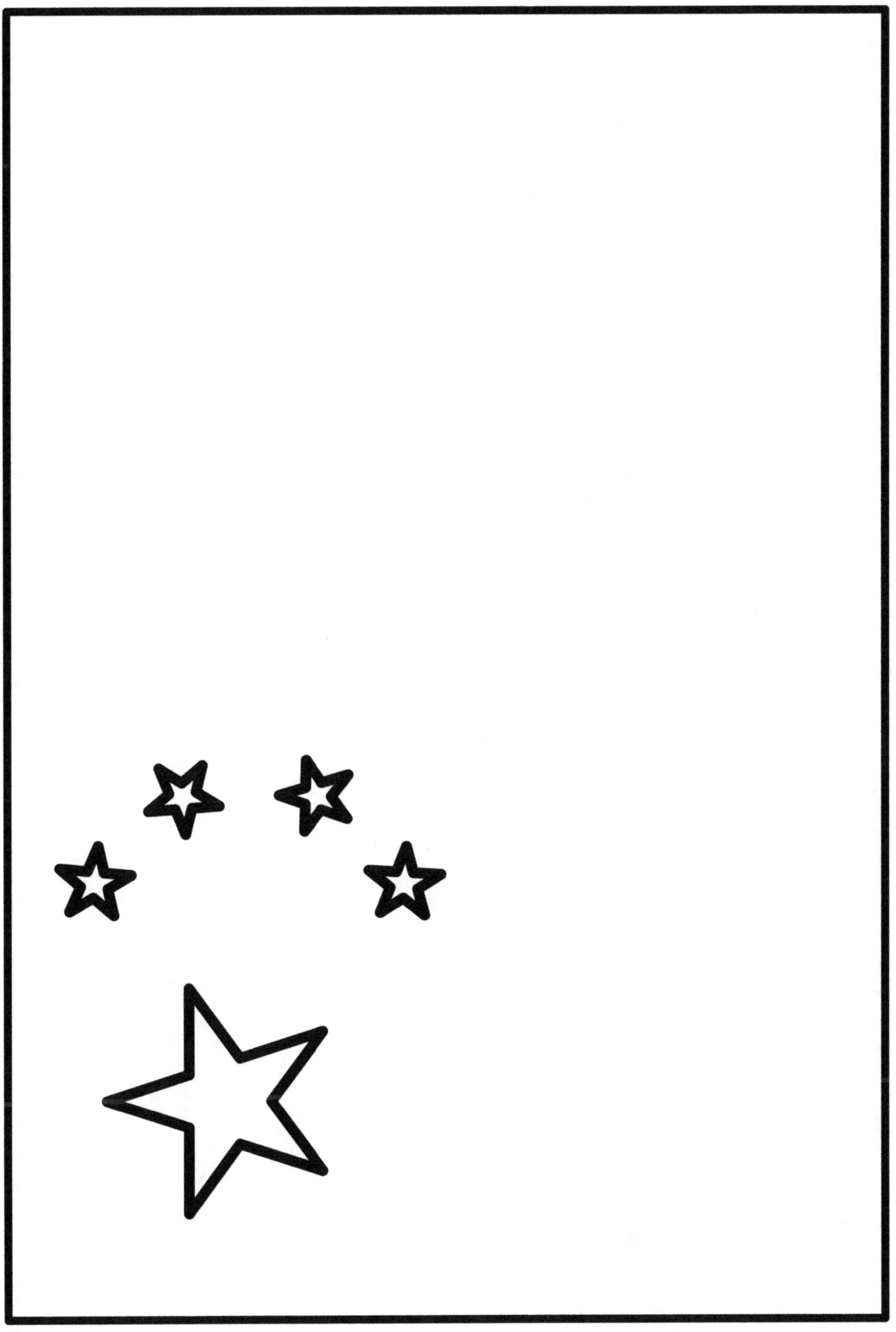

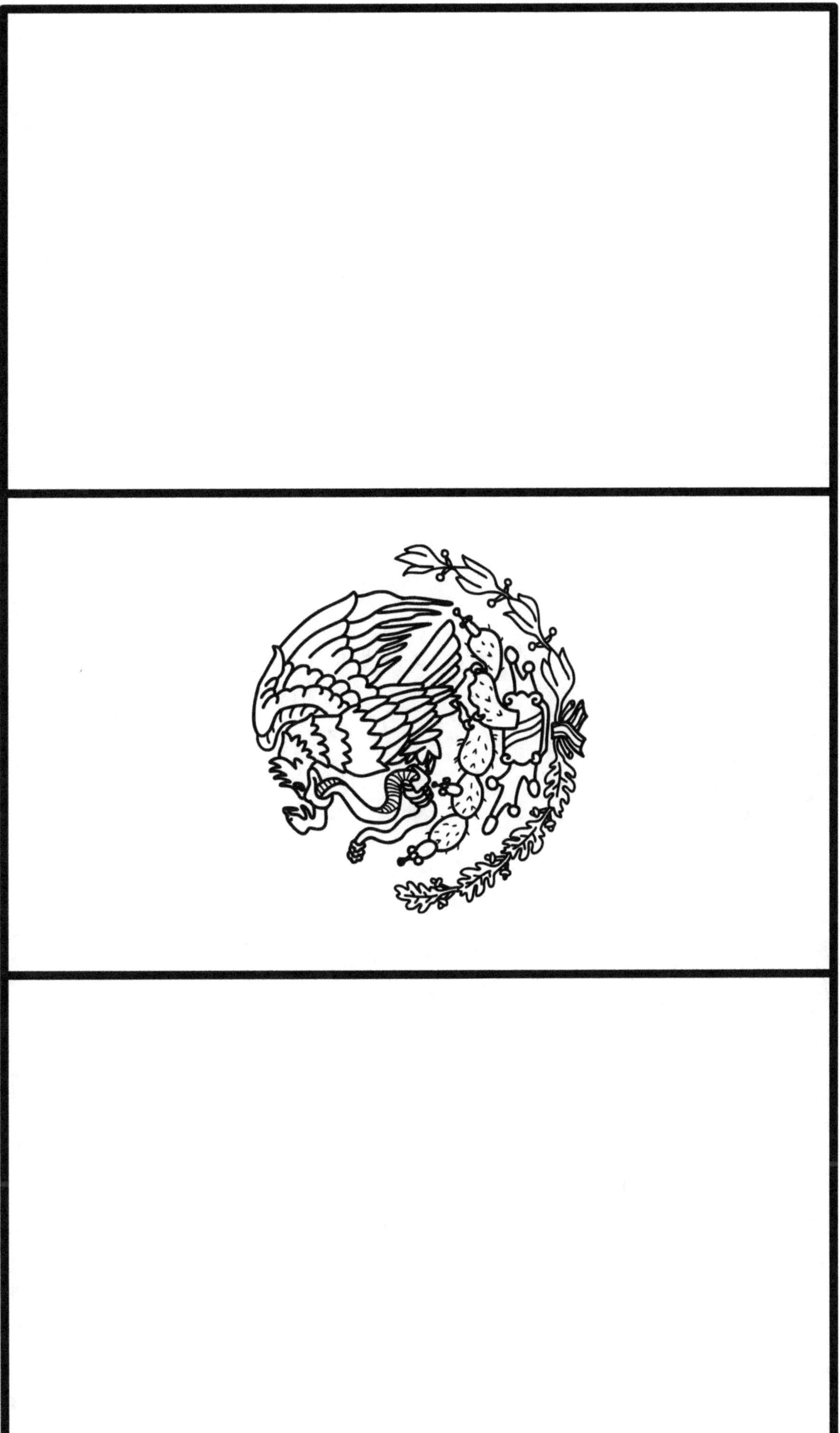

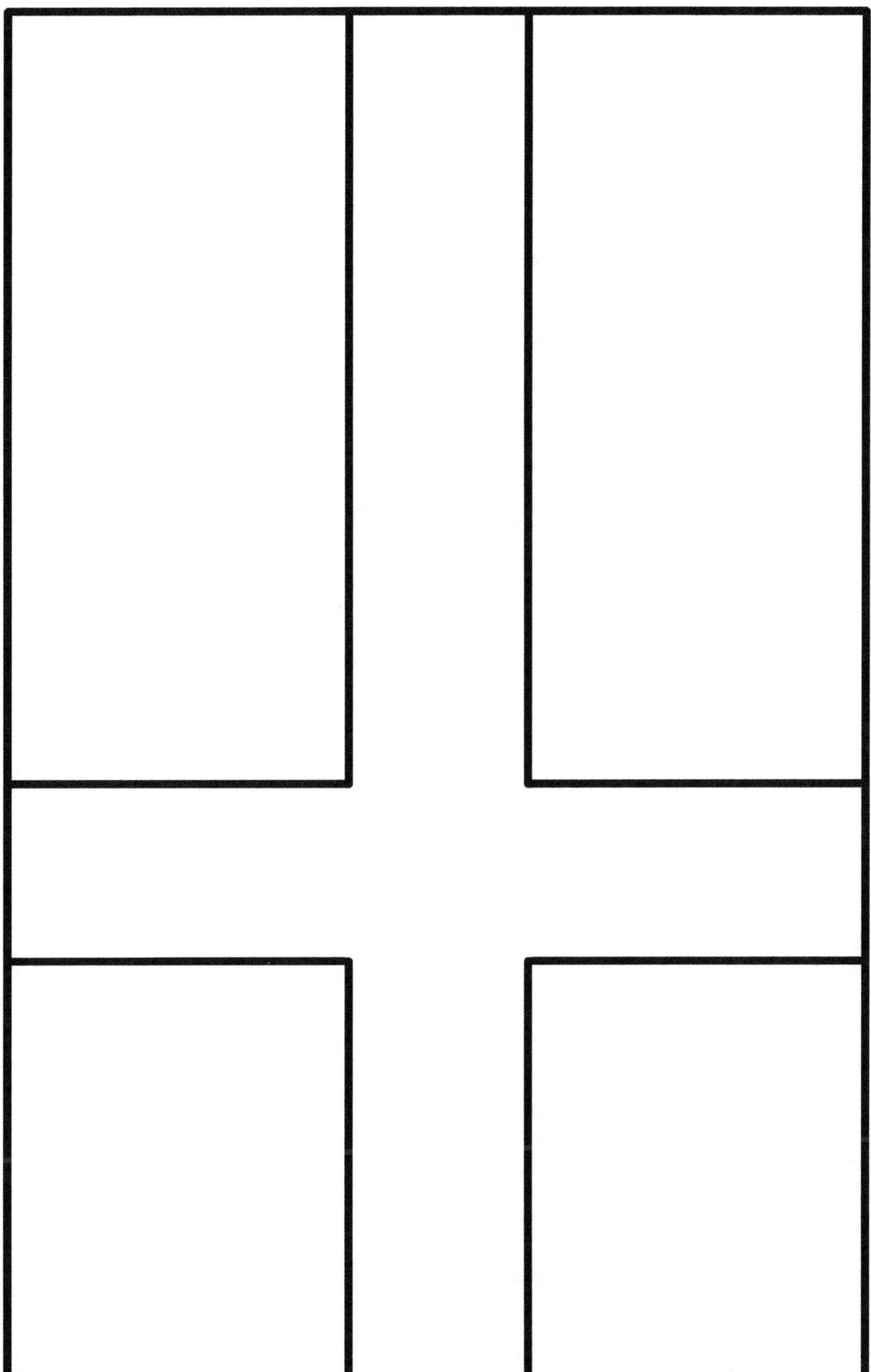

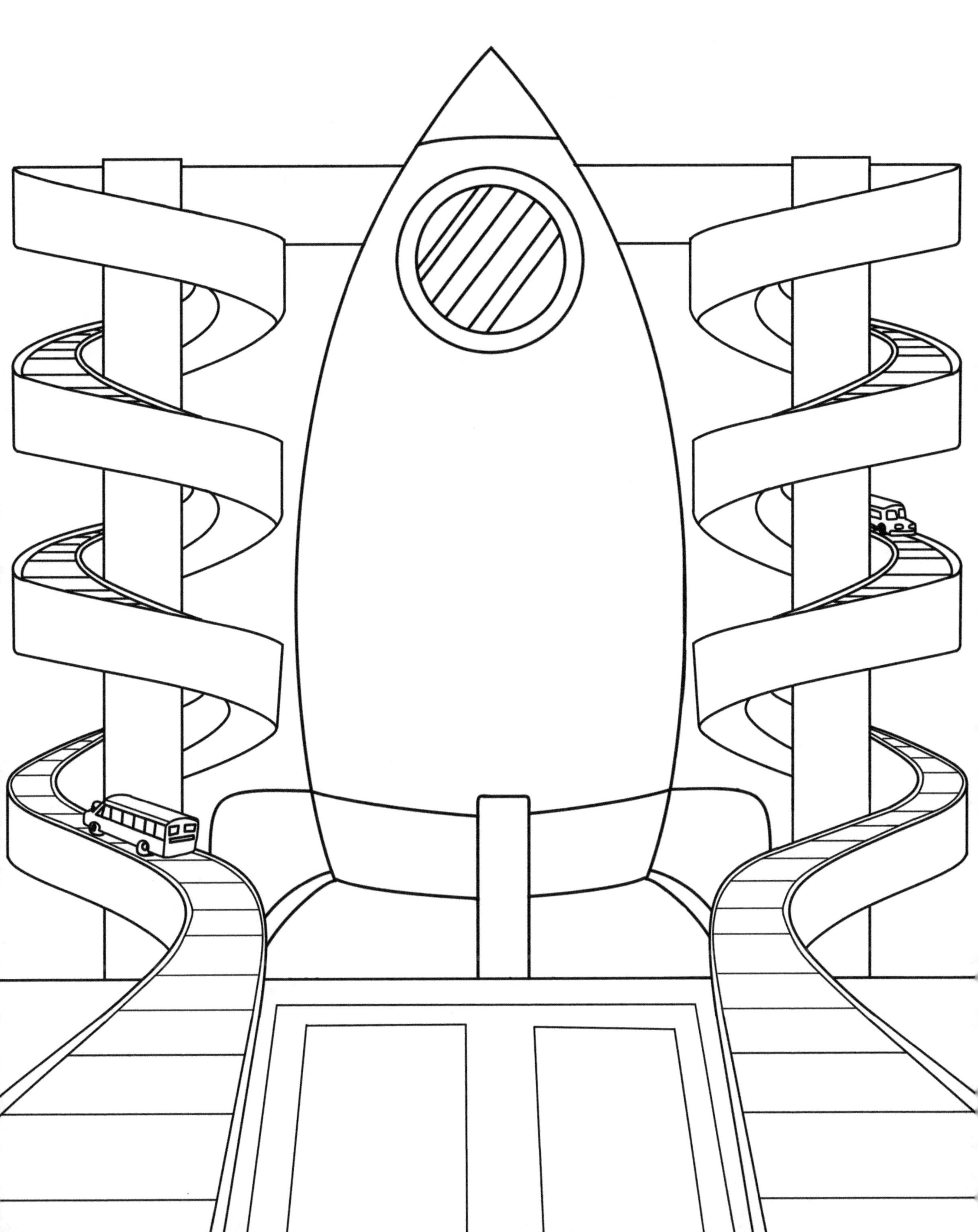

OUR SOLAR SYSTEM

```
                  S Y
                  A R
  L M             T U           F S
    J Z           U C         Q A
      O C     R N R R K C   M N
        J F W Y E N E A K J P
          R C I P P M S N S G
        R E S O L A R T E T S G
        B T S S U Z E E P E U Q
U M A R S I R G T Z C R T M N H T R A E
G V Q O K P A N O V A O U O E G R Q C Y
        X U T I D F P I N C V Q
        S J S R M W S D E G V C
          S S U N A R U H K S
          L S D I O R O E T E M
        M W   K X X N U S     J O
      V Y           K M         X O
    G R             O O           V J
                    P O
                    A N
```

WORD LIST:

ASTEROID	MERCURY	RINGS	SUN
COMETS	METEOROIDS	SATURN	URANUS
EARTH	MOON	SOLAR	VENUS
JUPITER	NEPTUNE	SPACE	
MARS	PLUTO	STARS	

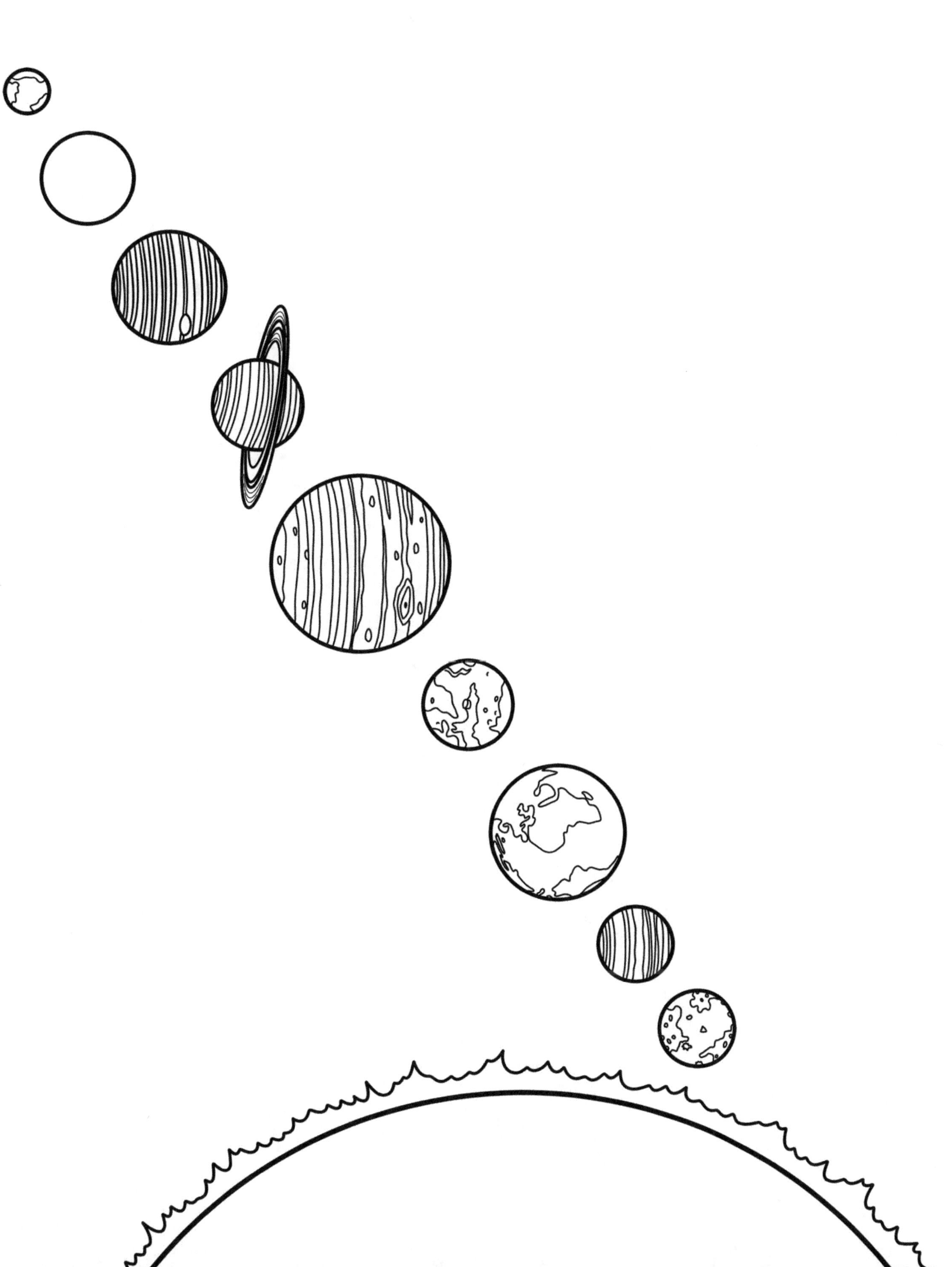

MOONS OF JUPITER

S X L V H E P F
E H U M M H X C H E Y U
Y B O Q E J V T L I C U H I
C A F G M T L B W Z Y N X D O E
S K I E R W Z S B X D M J W M G J V
L E D A E A D O M A M A L T H E A Y
Z C A R P O L J J N L O I O I L M R Q O
T R S N D L Q U Q E B A S G A L B H I I
A D R A S T E A Y M L K Z J E Y E I A S
C L R E J Z N X I E V M X Z U S D M P F
B C E L A R A N A N K E C Q P I E A O O
T G U E U A N T H E S U A H O T M L R L
U O A F T S Z A D E N I L A R H Y I U T
C Y K J E S R E H N Q O L R I E N A E P
M N Q W Y P A Z Z F C I P E A A A O
F E P P I M R E H E A S A B E G Z V
F K M B V A K U K S T L J Q K B
E K I L E H H Q T O Y A H X
G S I T E M P E K K Y C
A M U O U S I E

WORD LIST:

ADRASTEA
AMALTHEA
ANANKE
CALLISTO
CARPO
DIA

ELARA
EUANTHE
EUPORIE
EUROPA
GANYMEDE
HARPALYKE

HELIKE
HERMIPPE
HERSE
HIMALIA
IO
IOCASTE

LEDA
LYSITHEA
METIS
MNEME

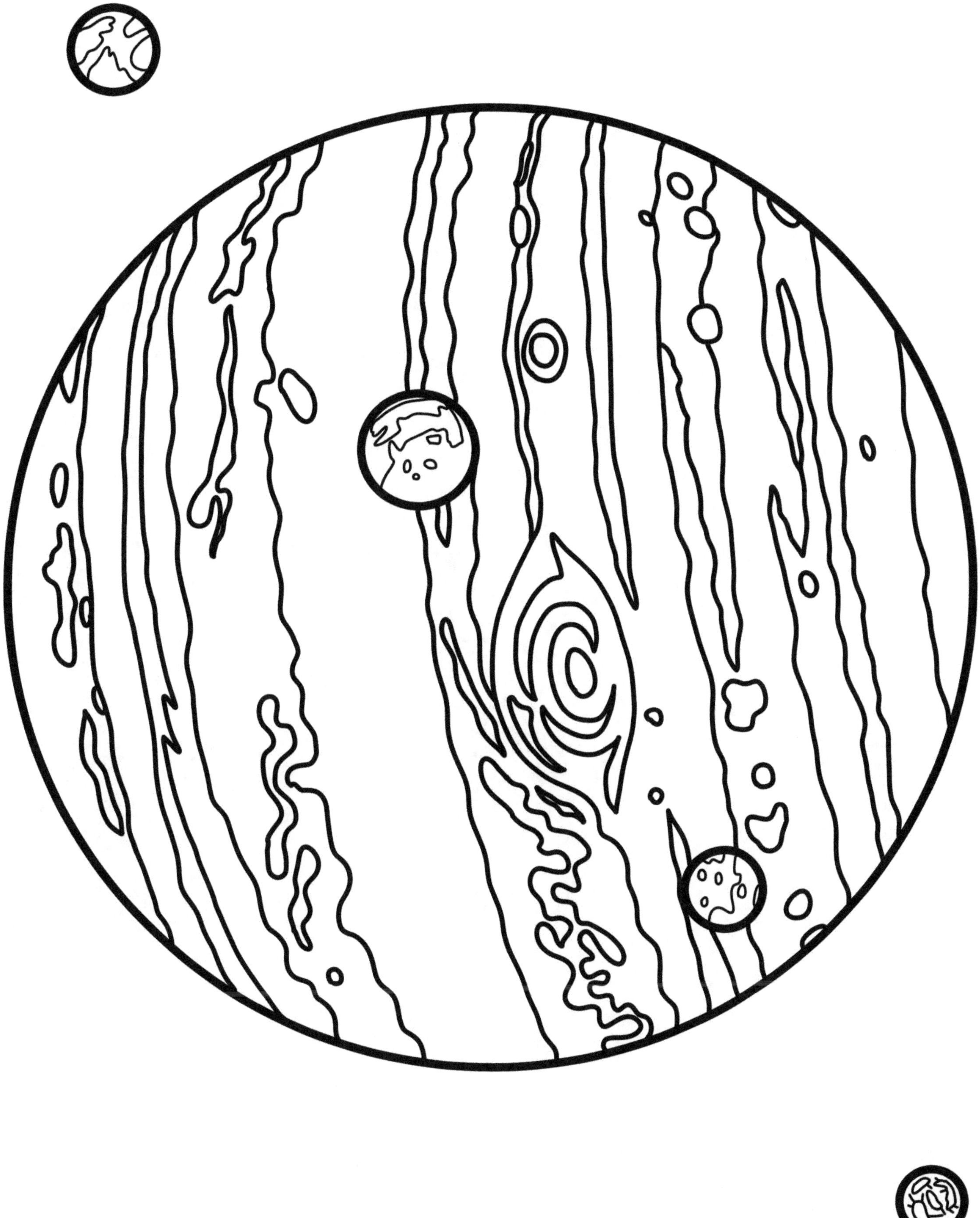

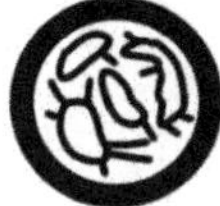

MORE MOONS OF JUPITER

D T P U G S E L
W Y R C I C I U J Q N M
W W X X A F C S B C A R M E
K T I L Z L W N J H Z S F M B T
Q A F S Z P L S S J E E V M K H F D
I L I O I Z I S E E R M Z K O S I H
N R L B N E S R P E P M O E A P R P E B
W R I P O N W R E H O I D N L A L U R E
E J C X E K K H N T N P Y T Y S G E S M
L P H E N U T O O I I P R I K I W D E O
A E O R S C A E Y S S E U A E P H N Q N
K H R K J H Y W H A C S E O R H R O N I
C X E W Z A G W T P C P O E T A H P A R
N F K A N L E D E O A O S Q T E G S E E
Z O Q I D T V W C N E O N O T U A H
L R Q A E E E K N A N A L C Y V Z Z
E W P N B E T I L C A G E M E V
I G E C Y L L E N E D F E X
L A I L E D A L E K U E
D X U G O K N Y

WORD LIST:

AITNE	CYLLENE	KALE	SINOPE
ANANKE	ERINOME	KALLICHORE	SPONDE
AOEDE	EUKELADE	KALYKE	TAYGETE
AUTONOE	EURYDOME	KORE	THYONE
CALLIRRHOE	HERMIPPE	MEGACLITE	
CARME	HERSE	PASIPHAE	
CHALDENE	ISONOE	PASITHEE	

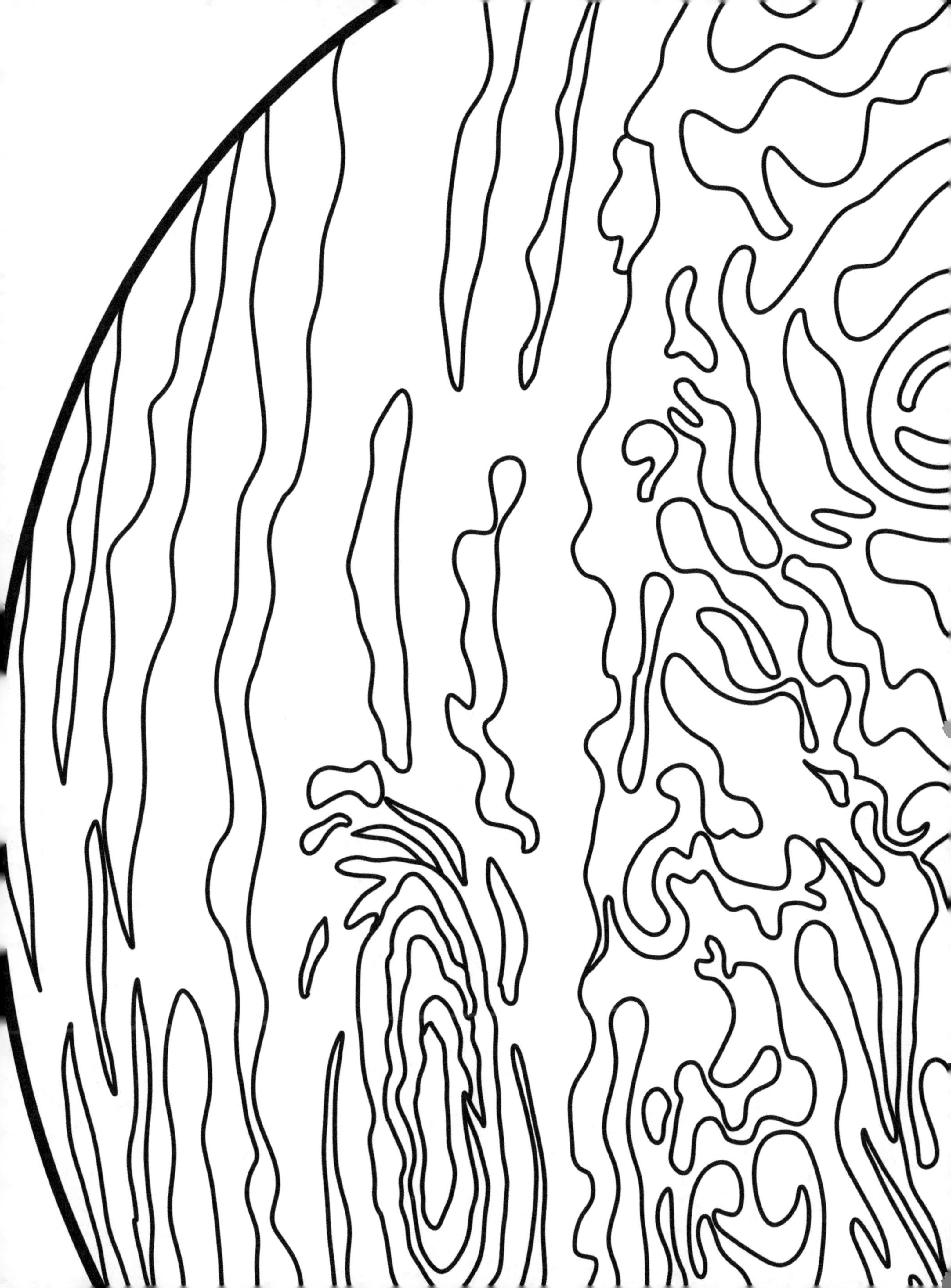

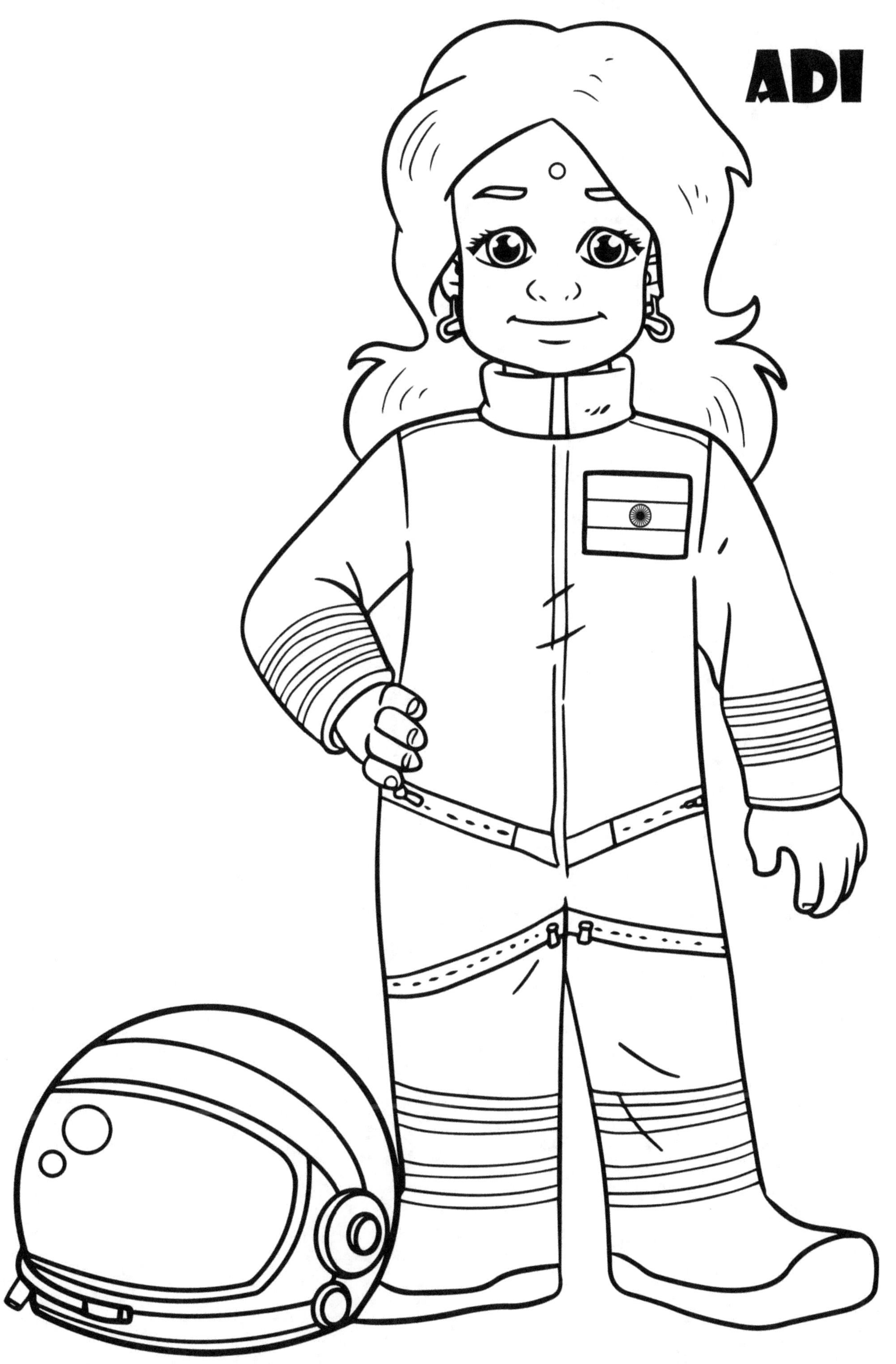
ADI

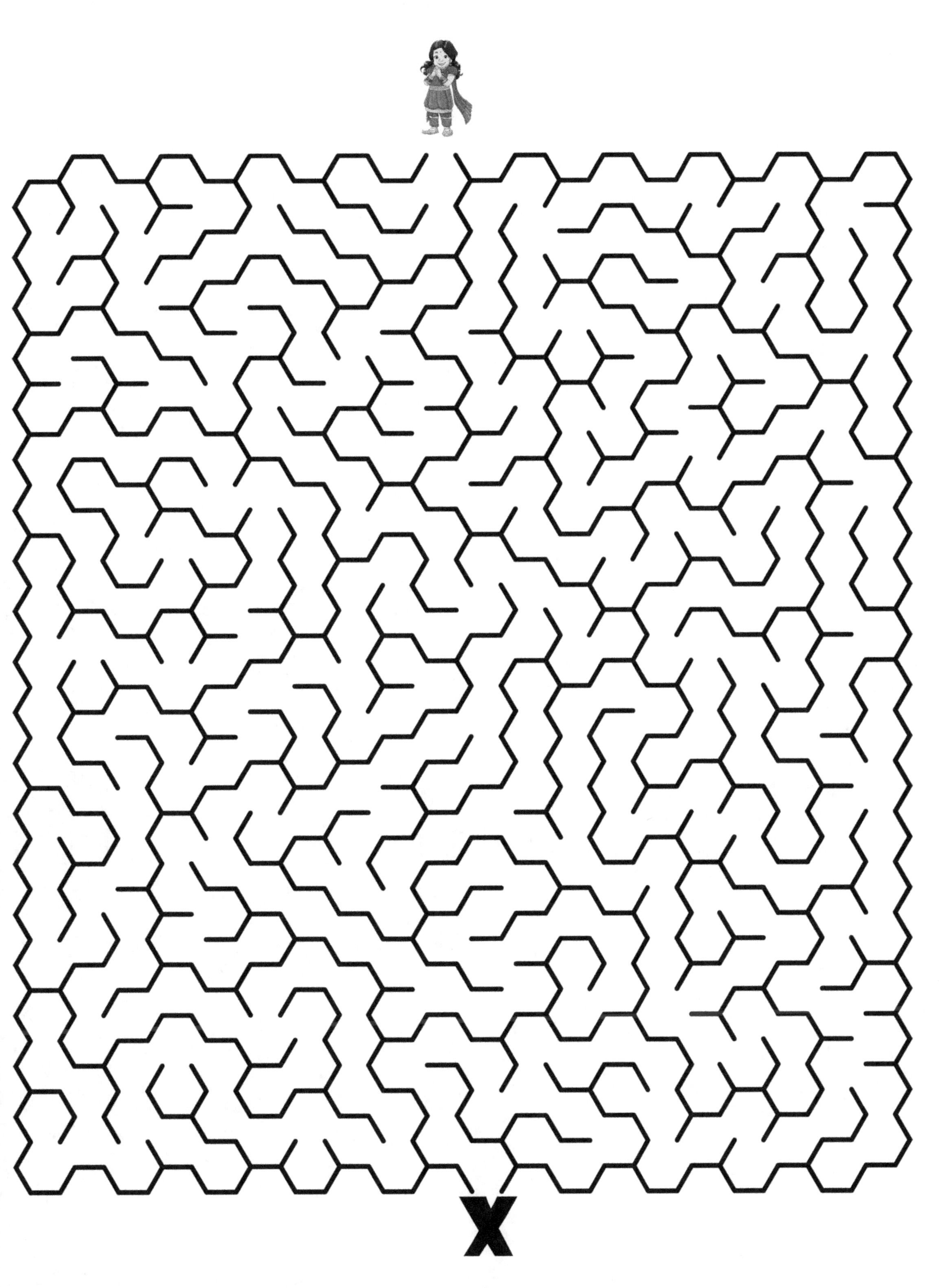

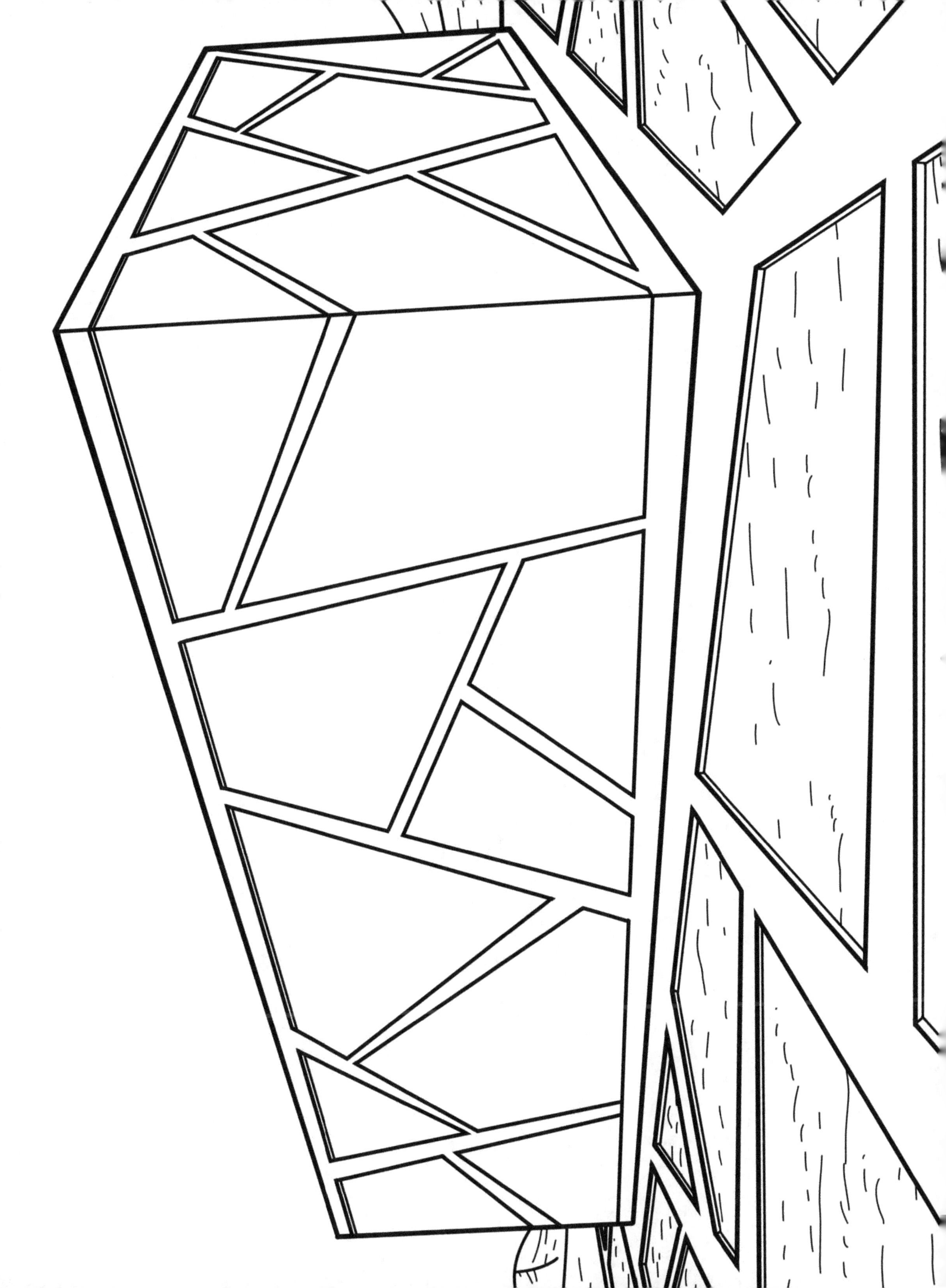

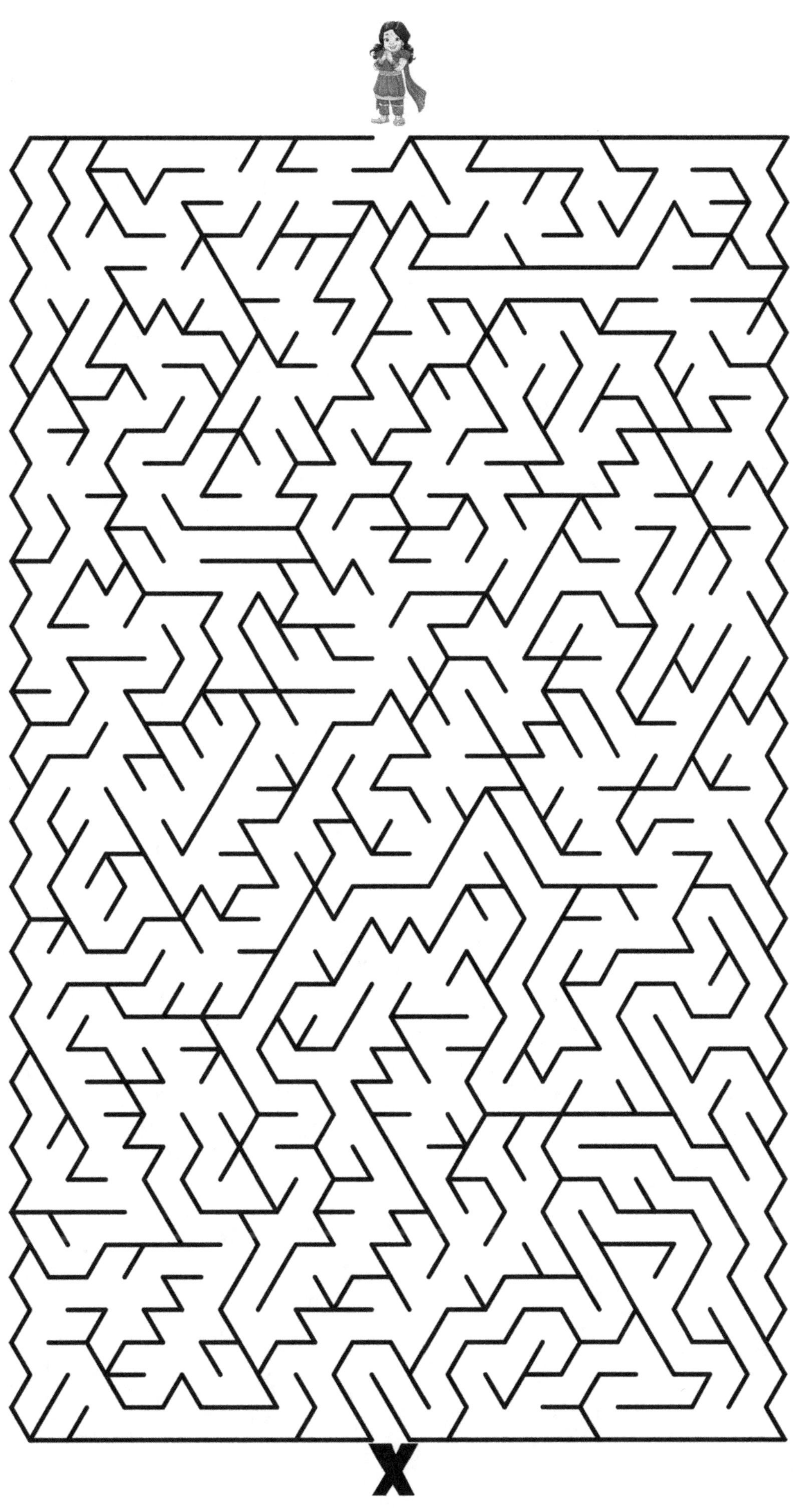

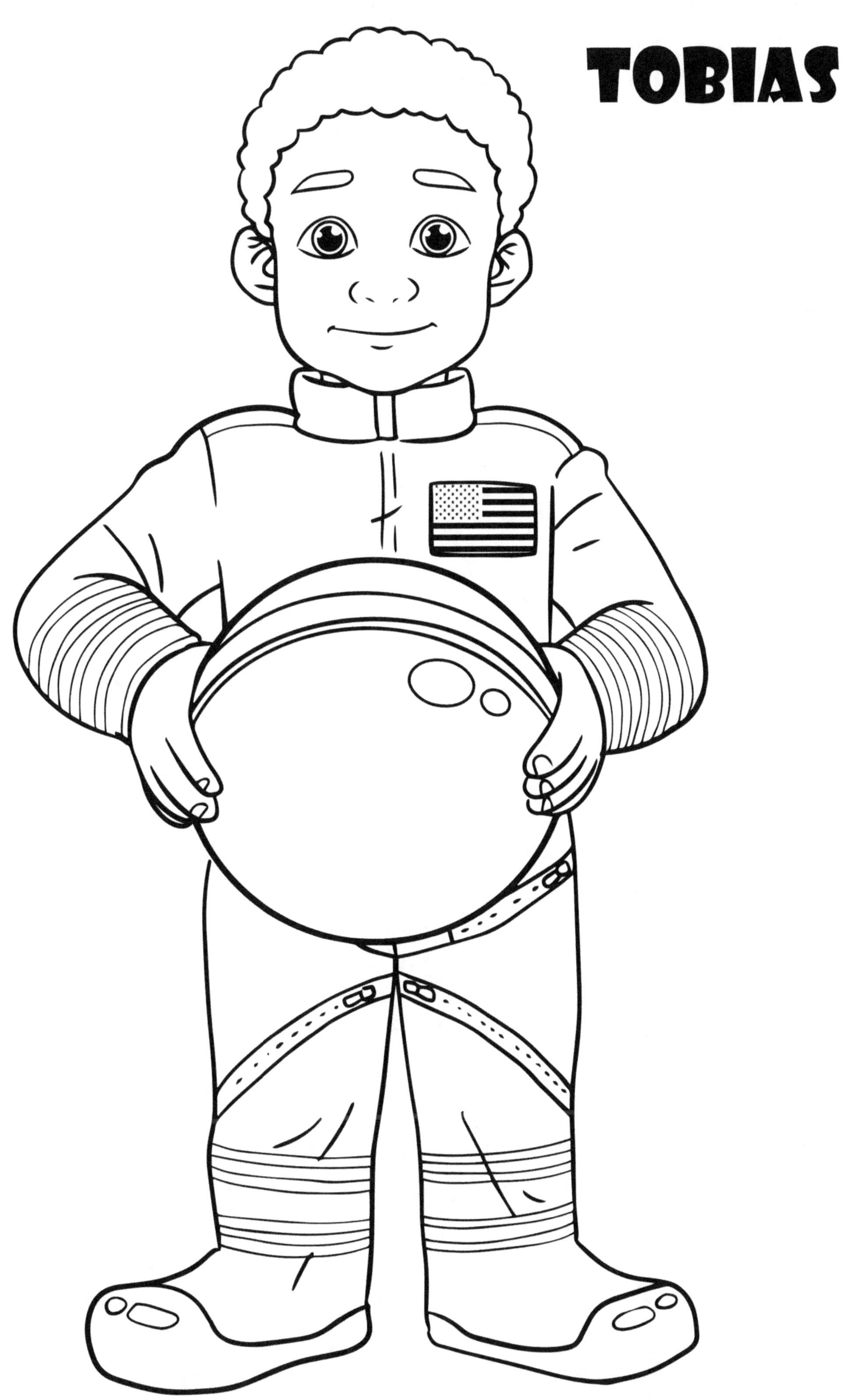
TOBIAS

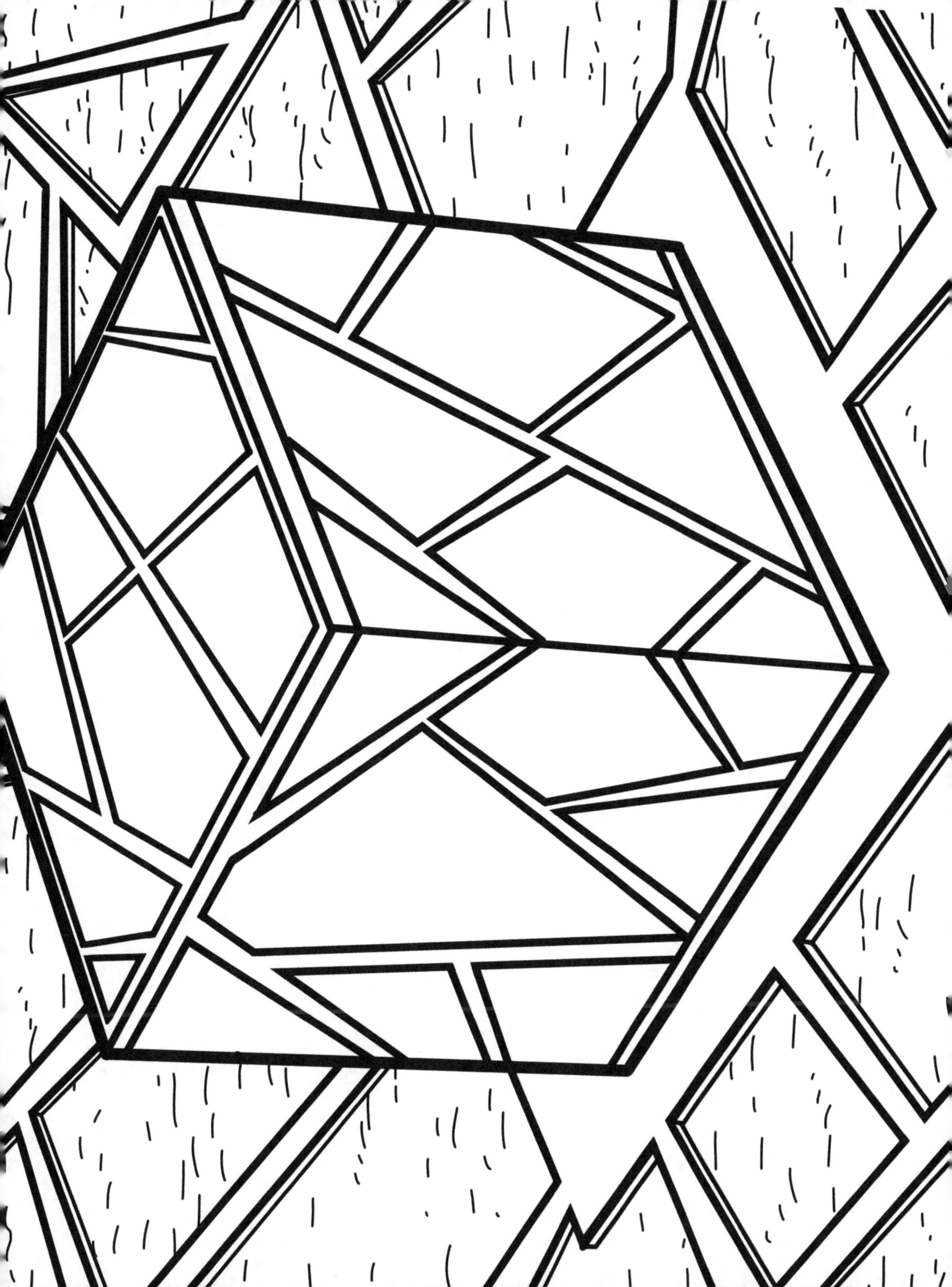

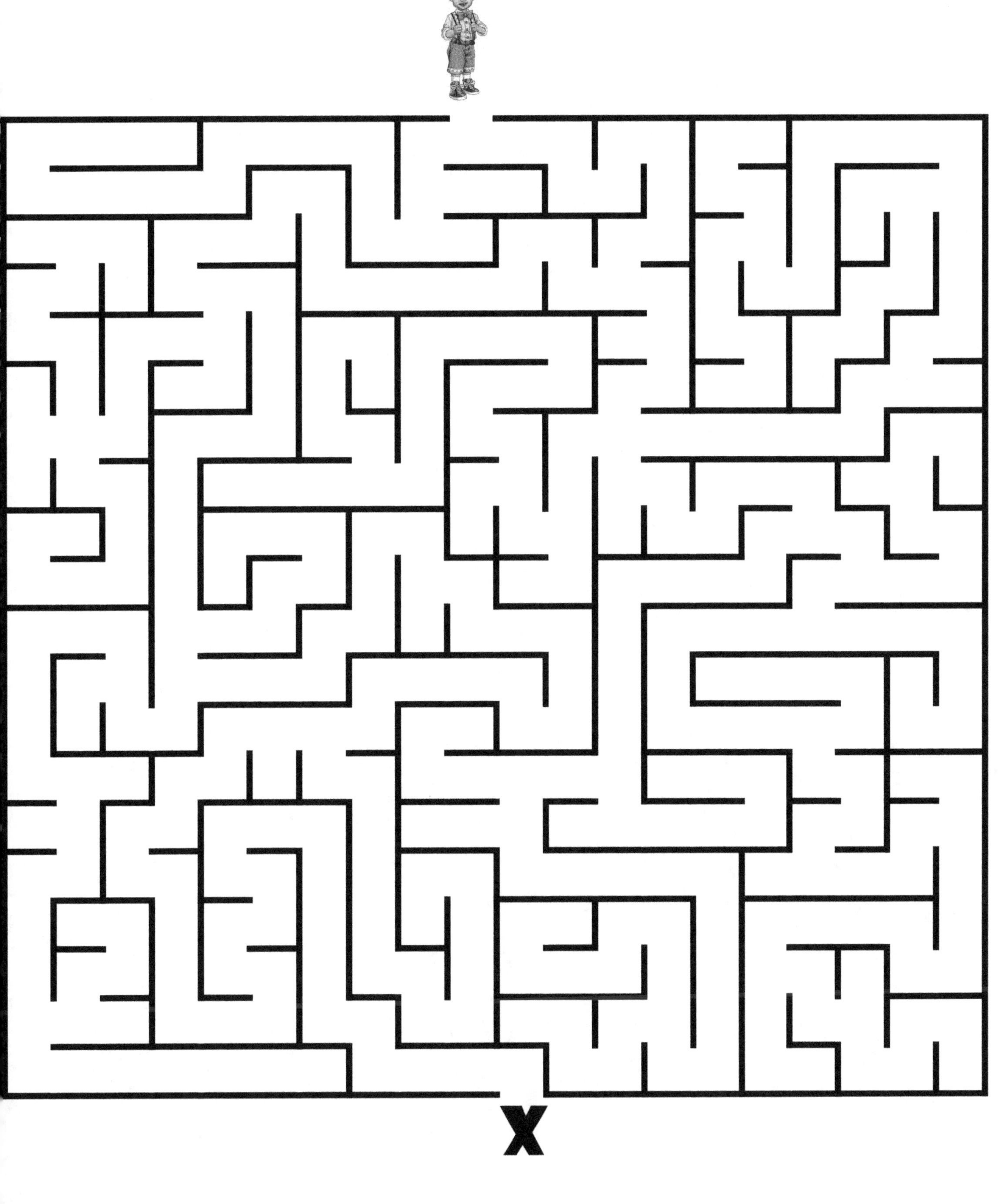
X

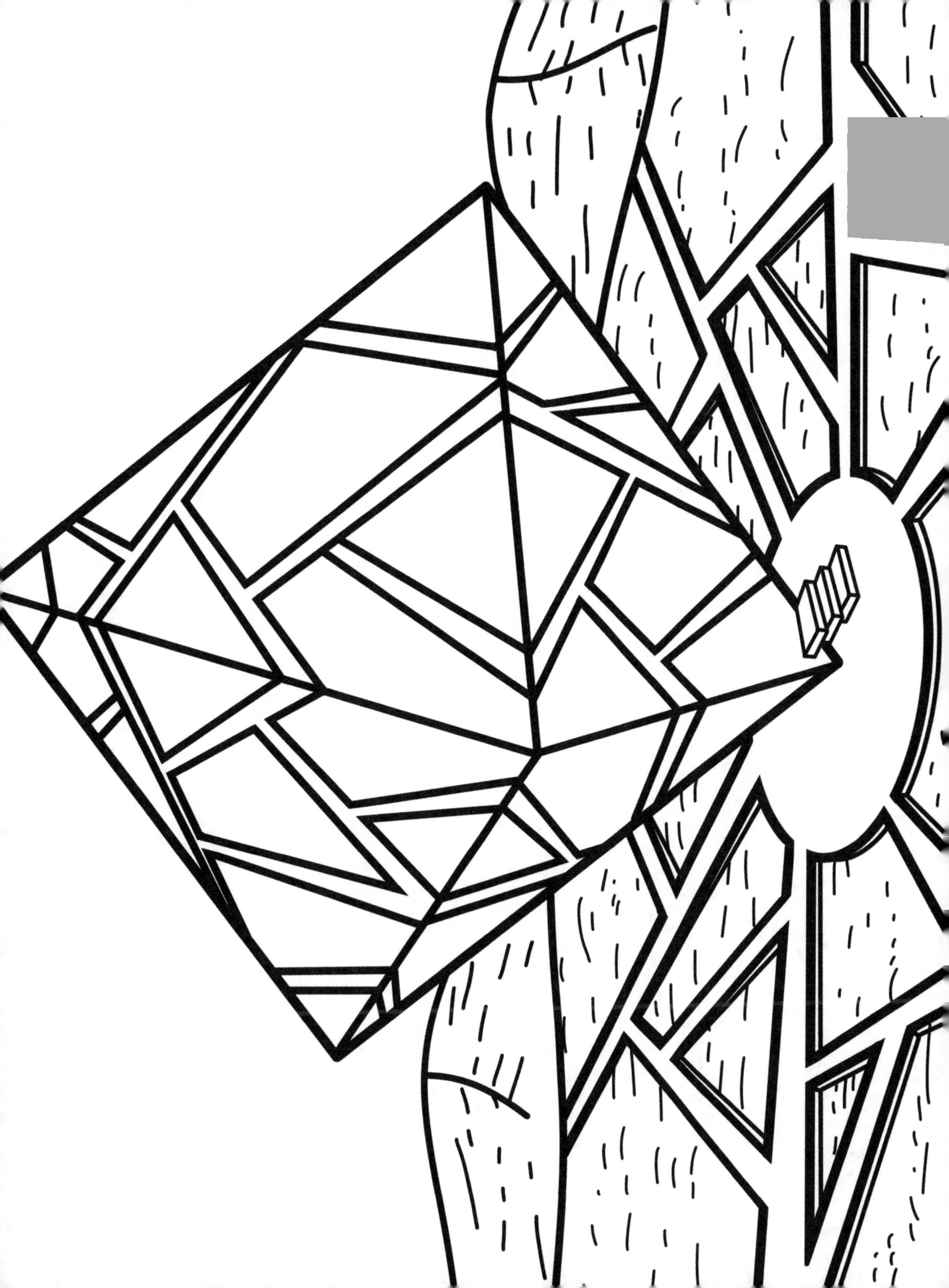

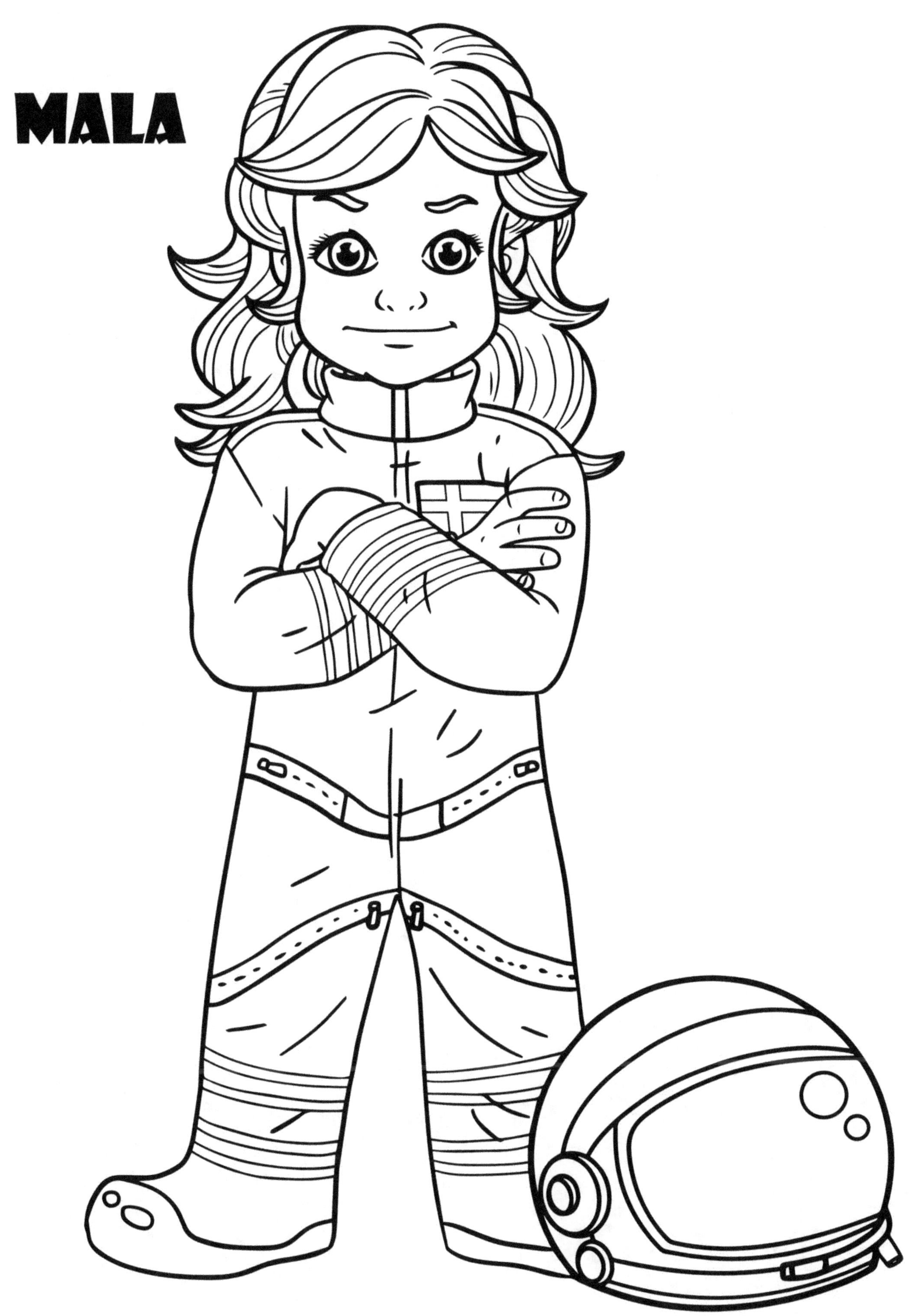
MALA

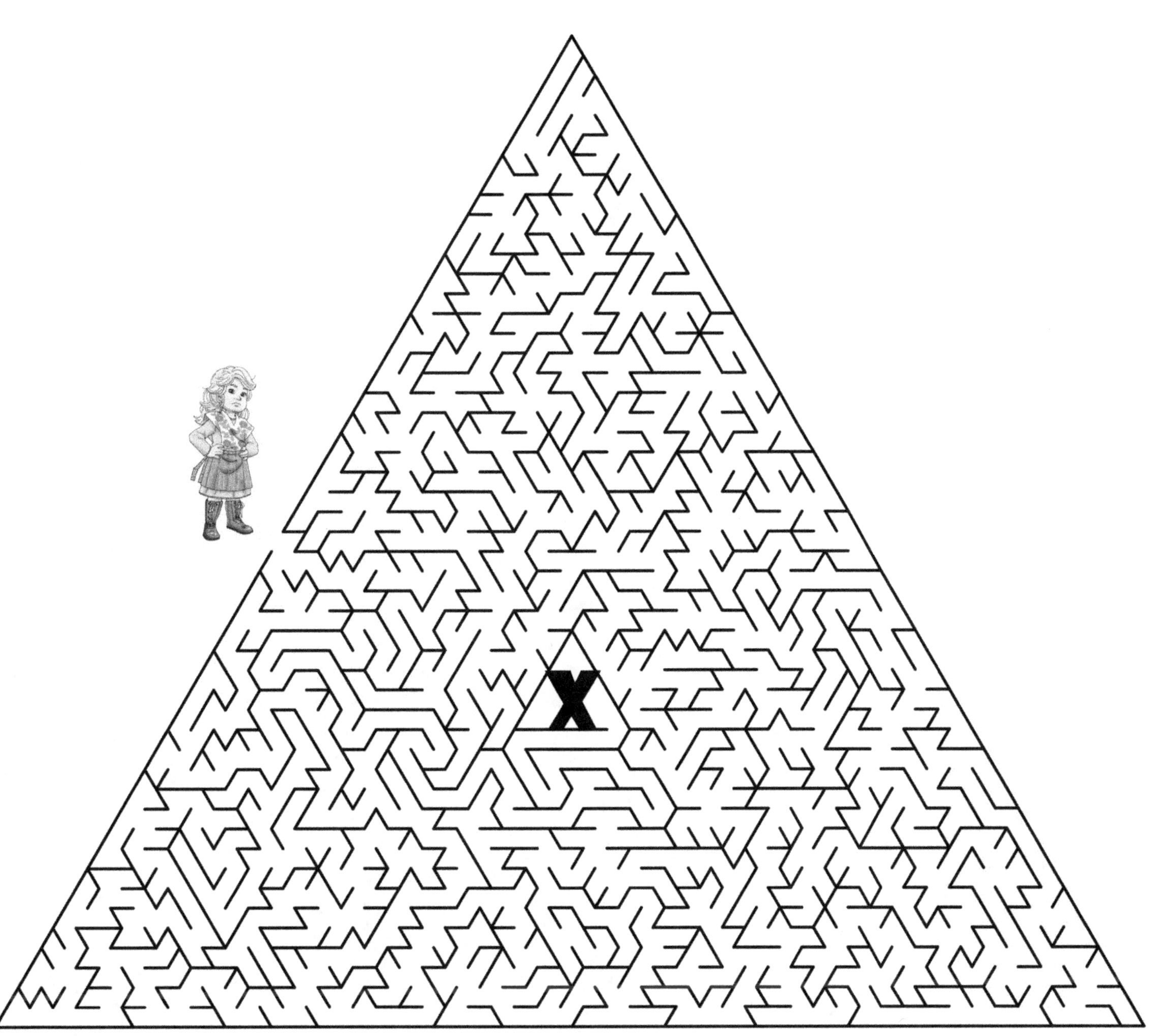

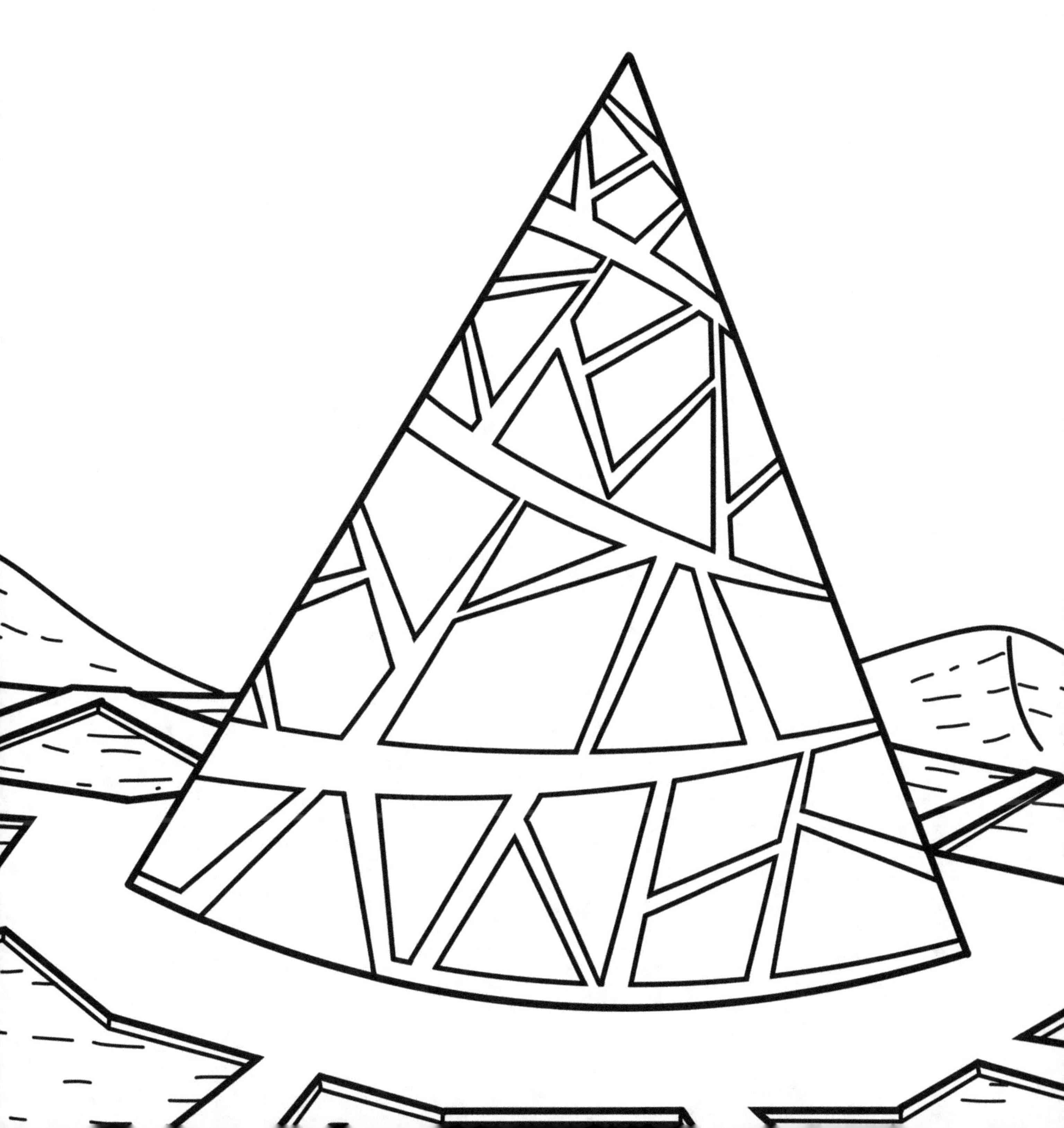

SUDOKU 1

					9		4	
	4				8			7
	8	5	4	7			9	1
9	1						2	
		7				3		
	2						6	9
3	7			6	5	1	8	
2			8				5	
	9		3					

SUDOKU 2

			6				3	9
4	6				2			
	7	8				2		
	9	2	8		3		1	
		1				4		
	5		1		9	7	2	
		9				6	7	
			3				4	1
5	1				6			

SUDOKU 3

			2			6	9	
		3	9		4		2	
2	7						3	
		5			3		7	2
8								1
7	4		5			9		
	9						1	5
	2		3		5	7		
	1	8			2			

SUDOKU 4

	1				6	2		7
		2		1				
			9	2		1		
6							3	8
8		9	4		3	7		5
5	7							4
		5		7	8			
				9		8		
9		7	3				6	

WOULD YOU LIKE TO GO TO JUPITER ELEMENTARY? YOU'LL NEED A SPACE SUIT. DRAW ONE!

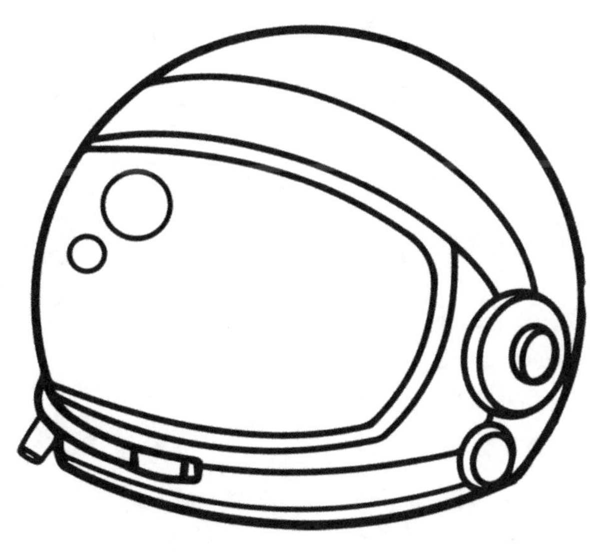

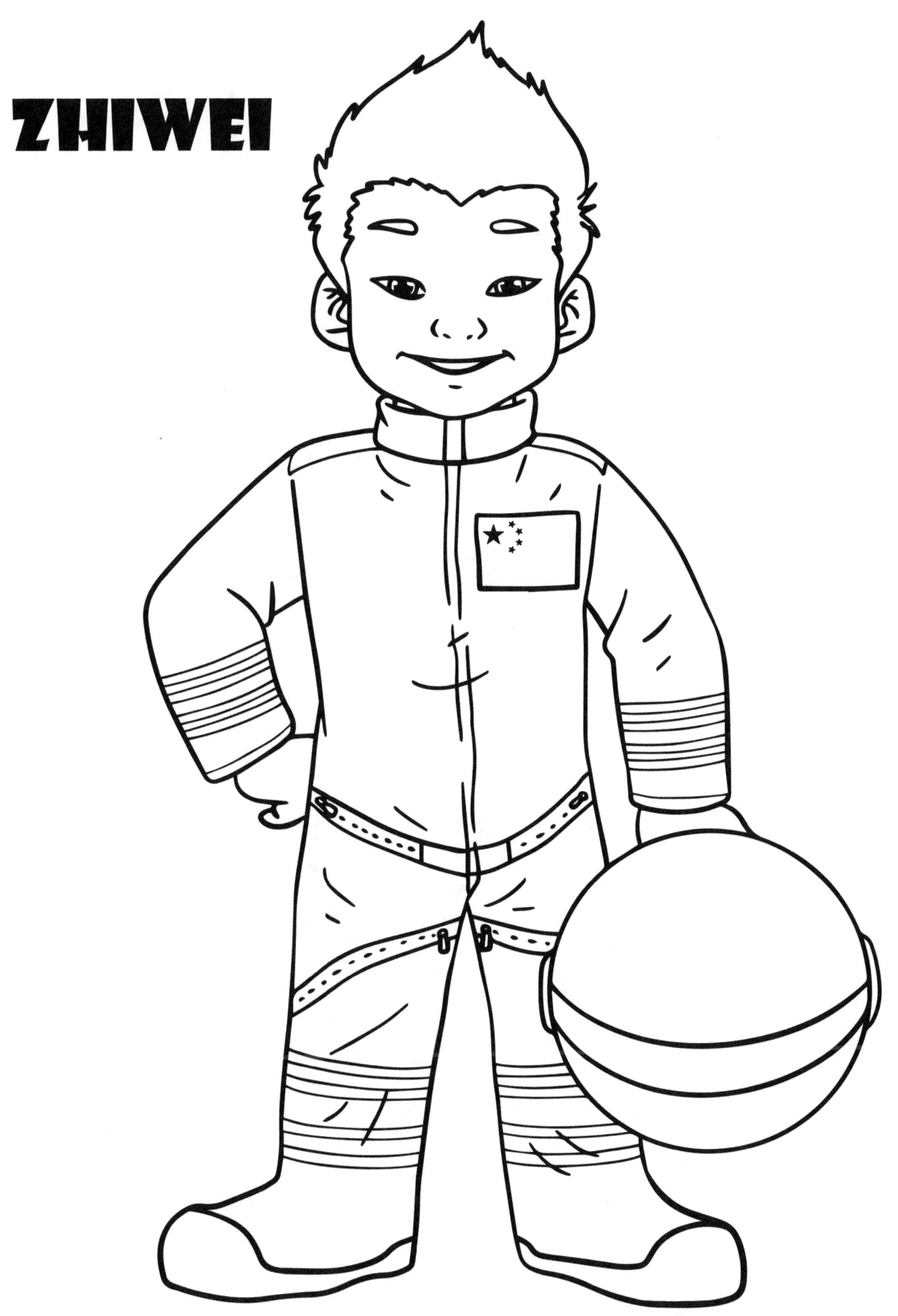
ZHIWEI

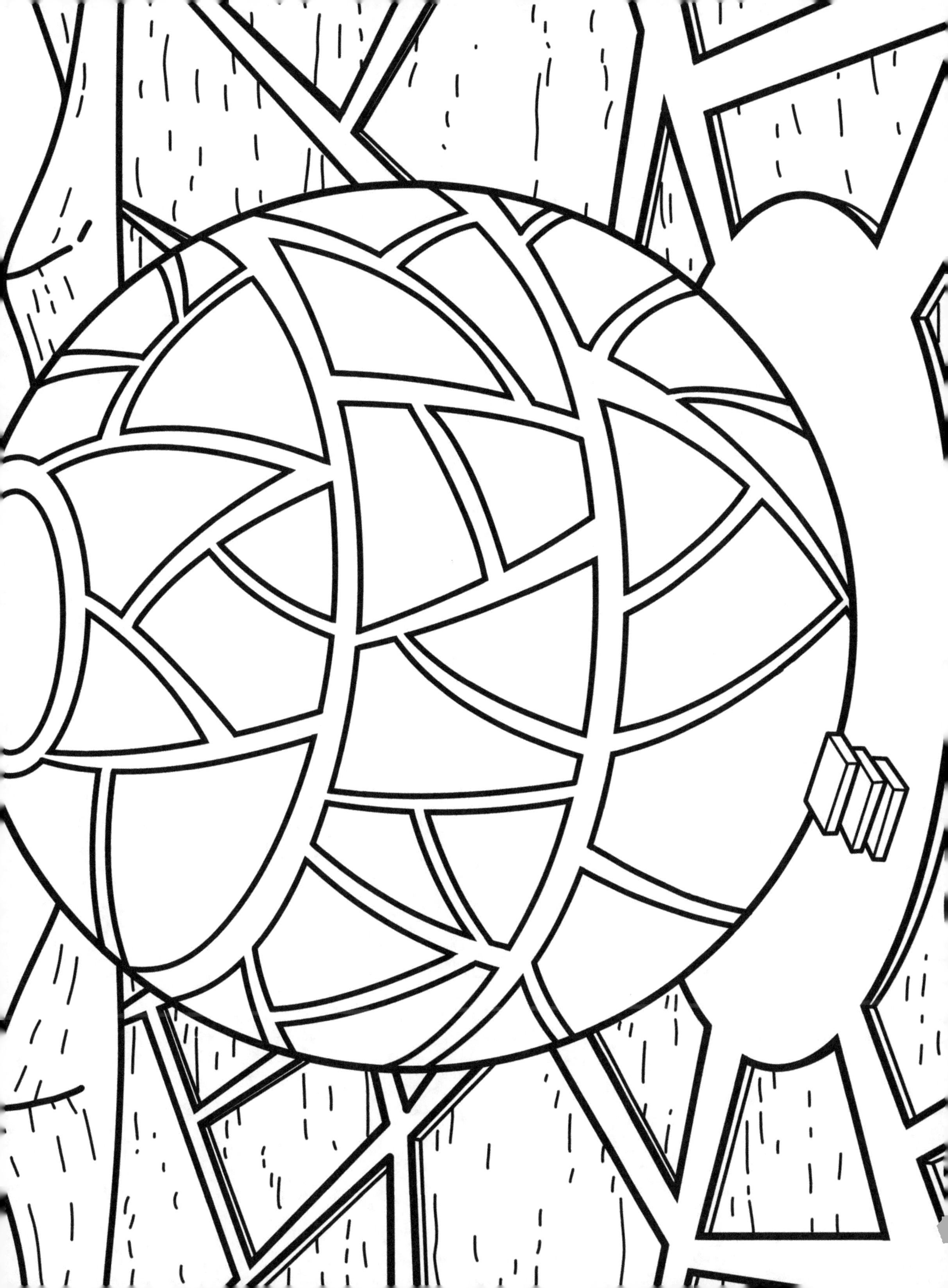

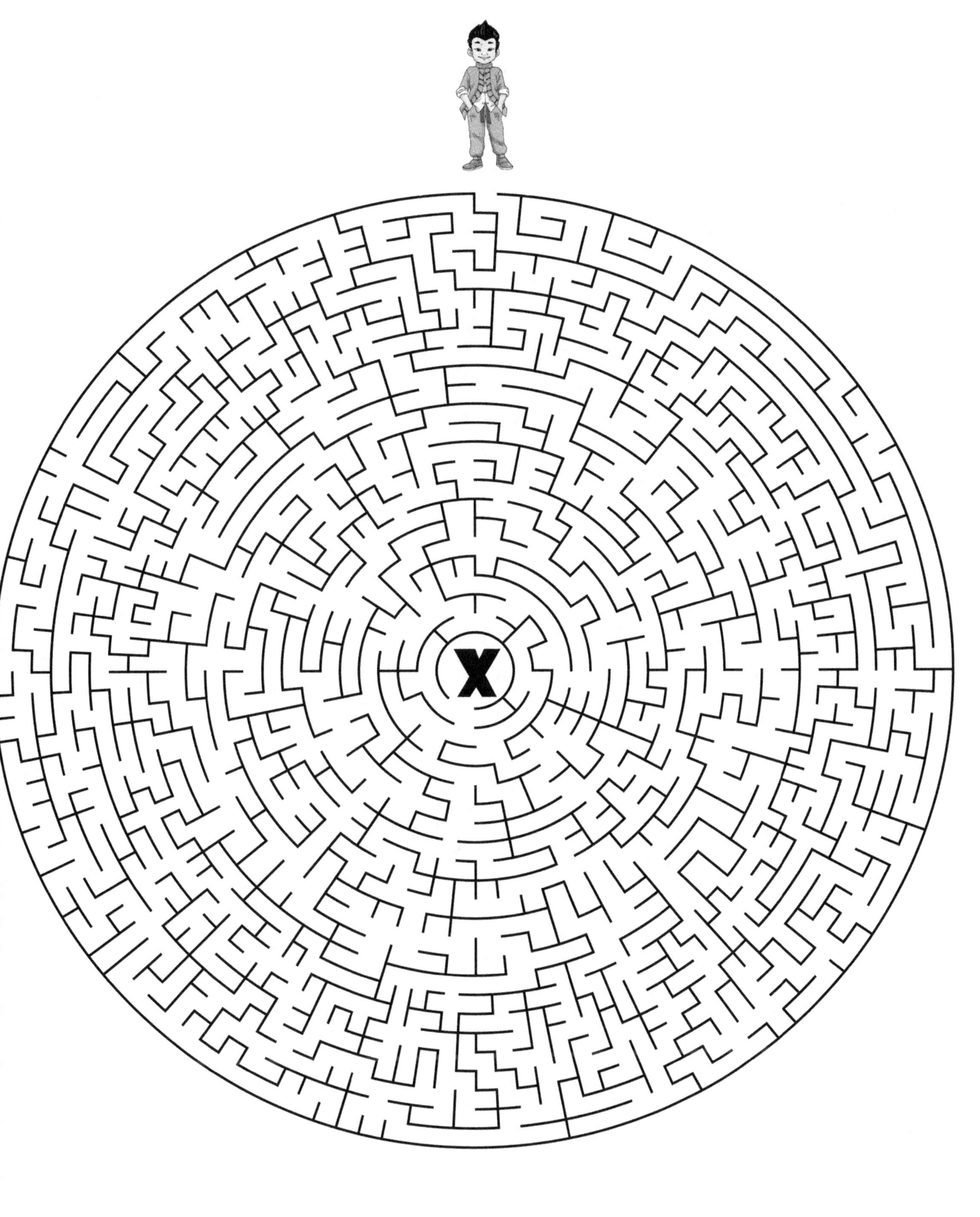

X

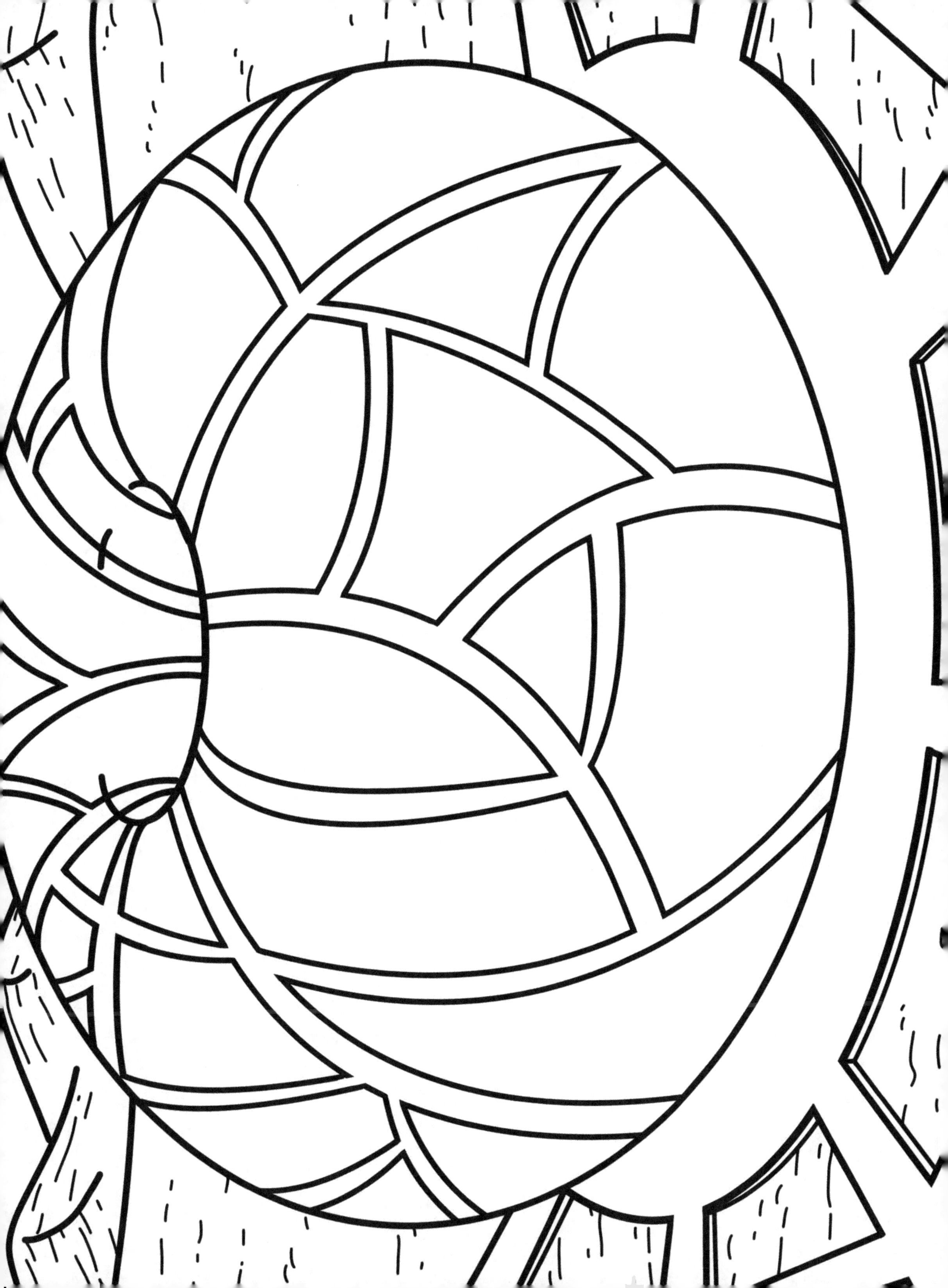

SUDOKU 5

		6		8			7	
7			2					4
		5			4		3	
6		1		2				5
		9	7	5	3	1		
3				6		7		8
	2		8			9		
9					7			3
	8			3		4		

SUDOKU 6

			4			2		
	8	2		6		4		
			1		8			9
9		3						4
1	2		3		6		9	7
4						5		2
2			5		9			
		6		3		1	5	
		4			7			

SUDOKU 7

		9	6				7	
7		5	9					
3	4			1	7			
5	1	3			8	7		
				6				
		6	7			9	1	3
			1	7			4	8
					3	1		6
	5				9	3		

SUDOKU 8

	9						1	3
			4	8			9	
		6	5	3				
1		9		6		8		7
8				7				1
3		4		1		6		5
				5	7	2		
	8			9	2			
6	2						7	

SUDOKU 9

2	8		7	9		3		
			8			9		2
		4	3		1			
5	4	3					2	
				6				
	9					7	8	5
			6		7	5		
1		6			9			
		9		3	2		7	1

SUDOKU 10

	6		7			4		
		7	1		2		3	
8		2	4				5	
	1	9		2				7
6				9		2	4	
	5				3	6		8
	4		8		6	9		
		6			5		2	

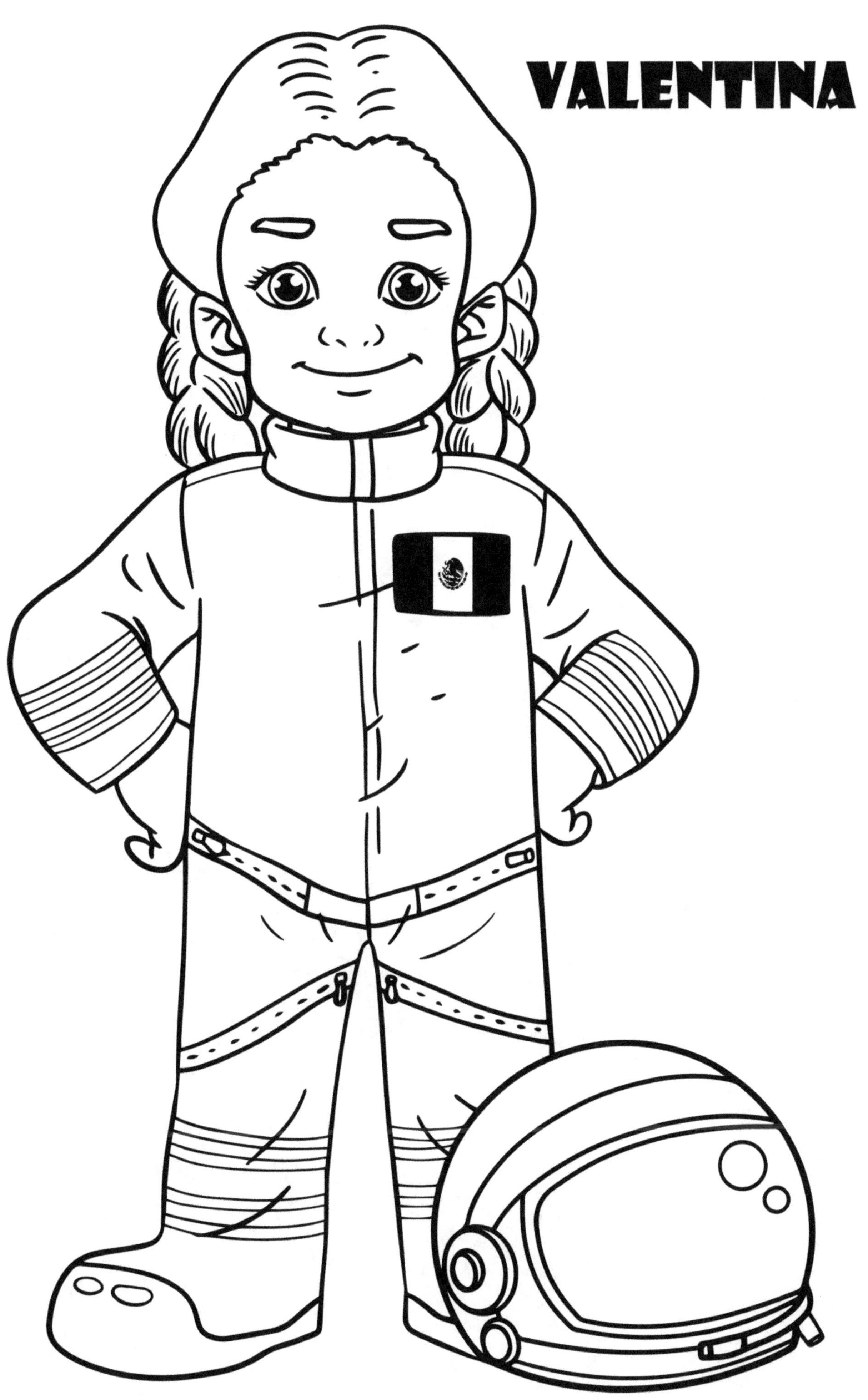
VALENTINA

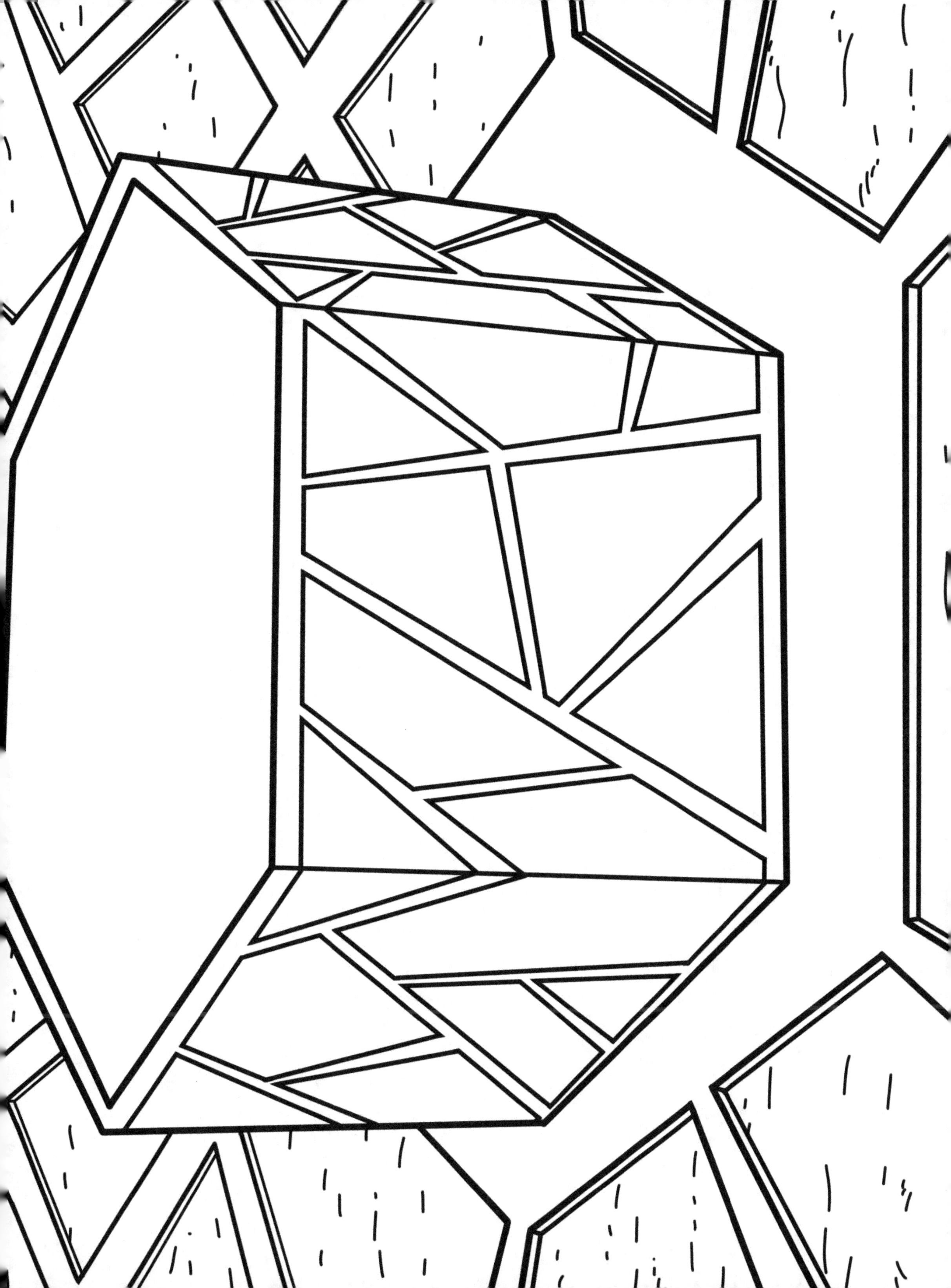

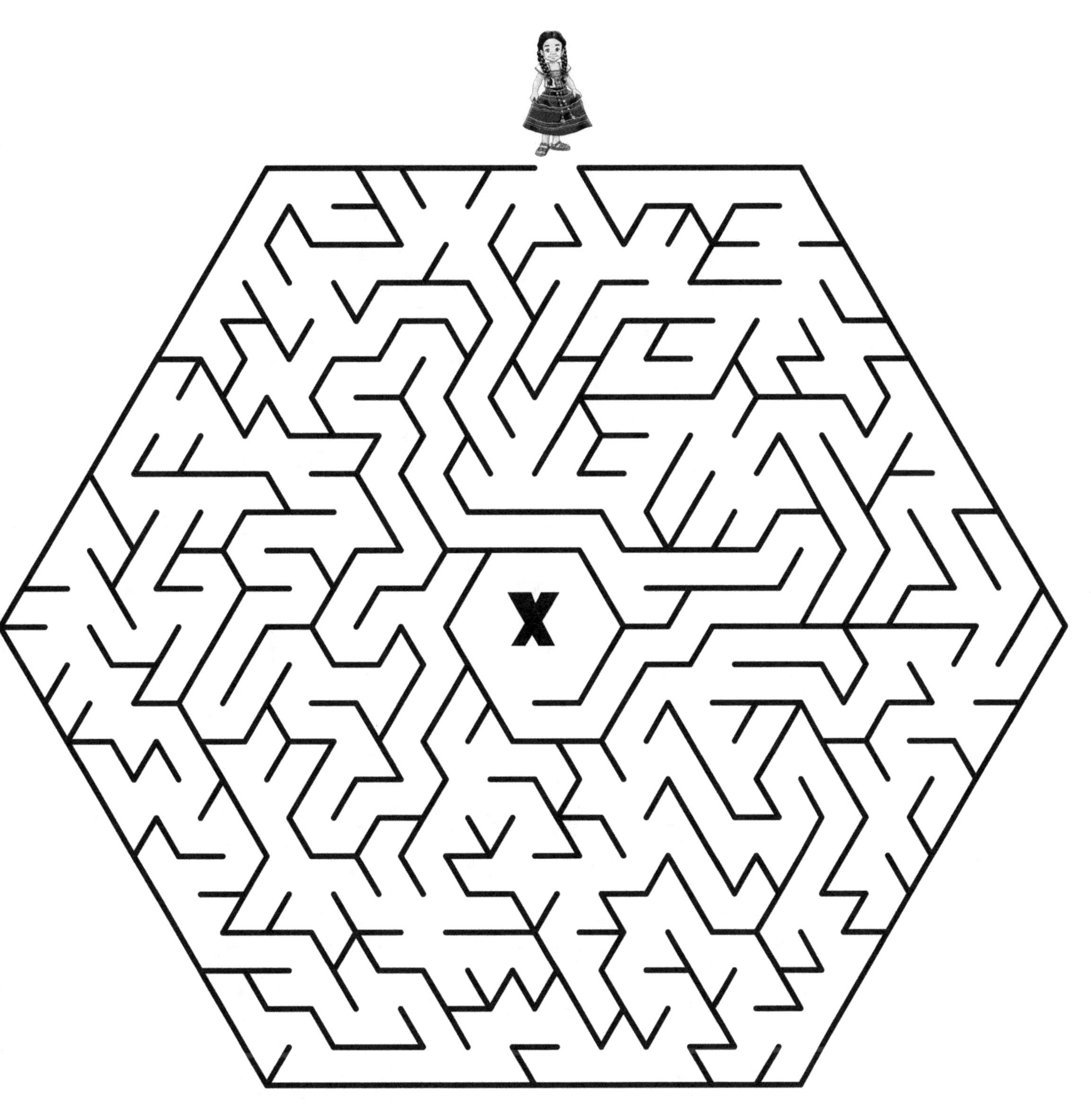
X

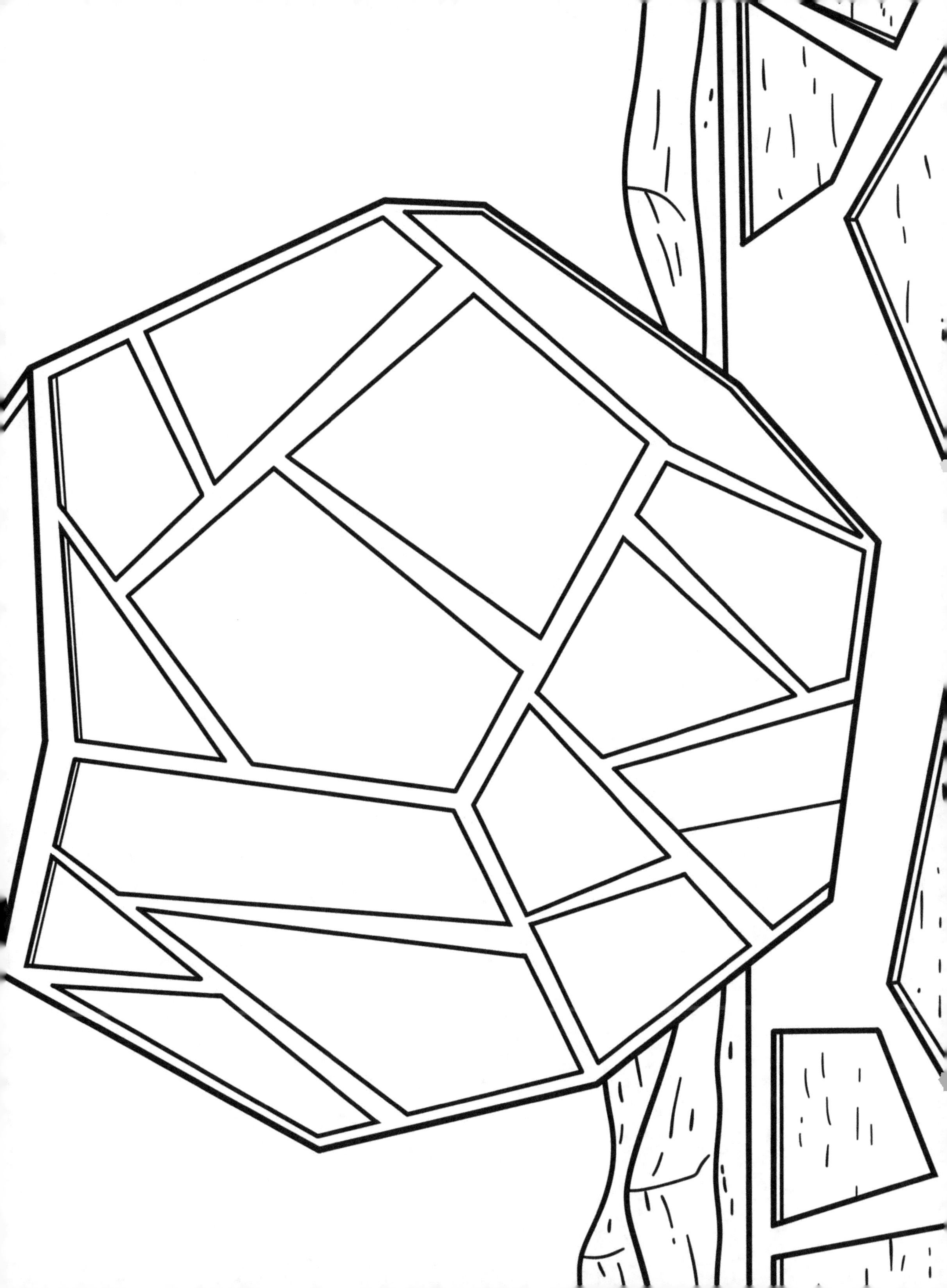

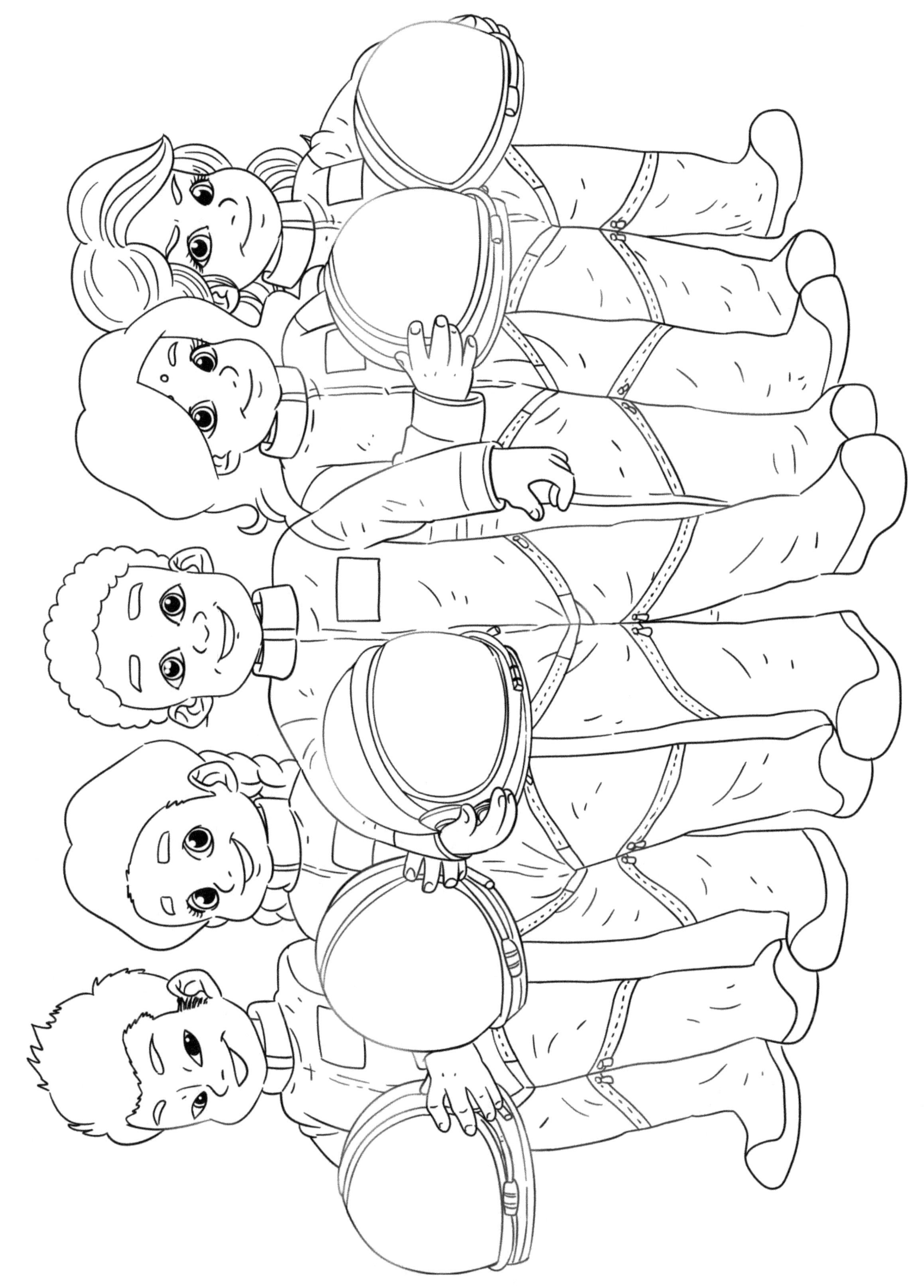

FILL IN THE MISSING SHAPES

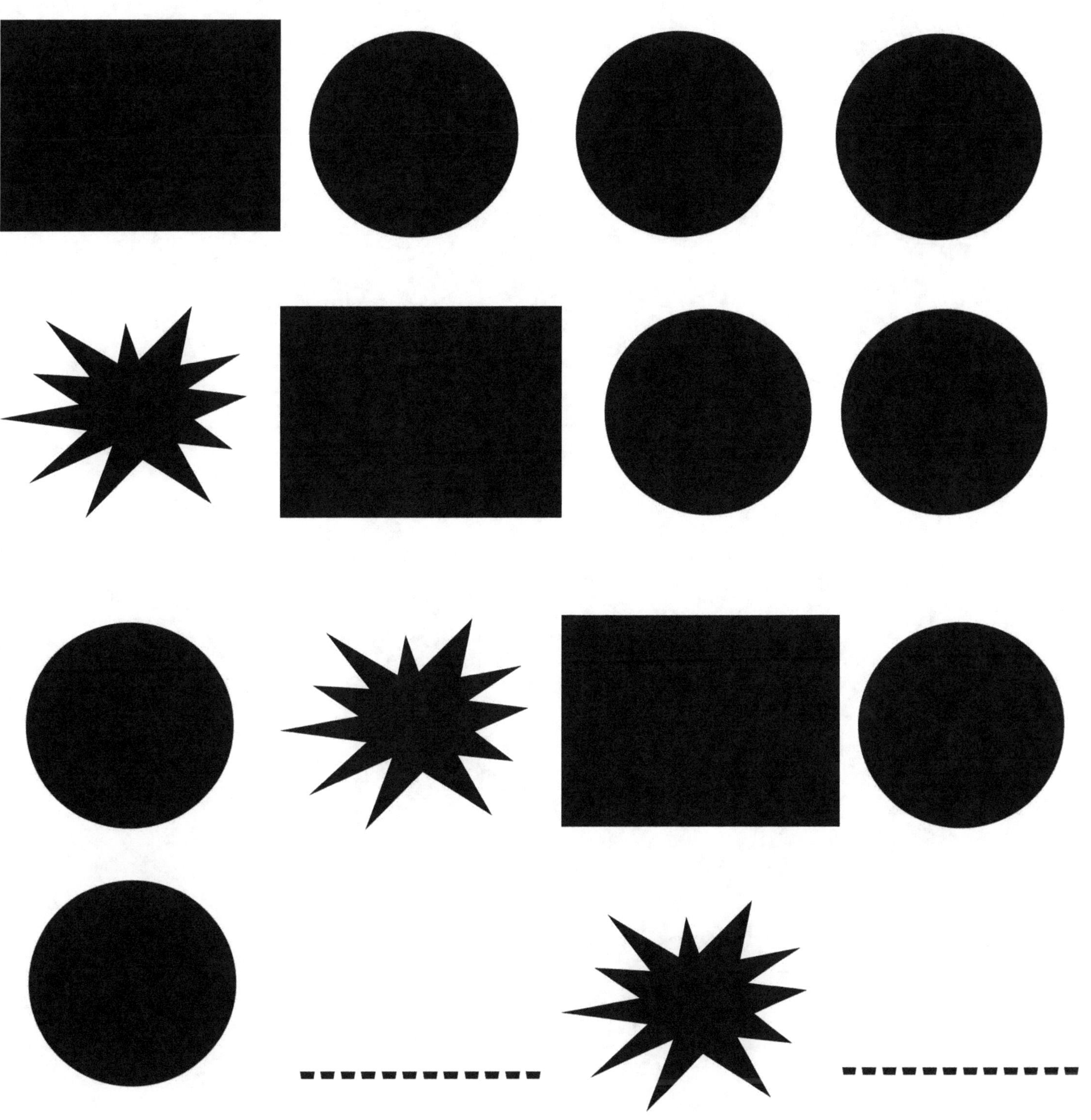

GEOMETRIC SHAPES

K I T E P U T T E N O C I G P T Q V S Y

L Z B B M E L C R I C F T Y Z X S Q R P

A P P U X F J D B S I W D P L T H C G R

R N N C O M Y Y S K T P B M Y T A D B I

X C O E O S K Z H F N E V S P H E R E S

D D R W O S U X Q I E Q F C D T D G P M

P E D P Q X A G L Z L P E N T A G O N M

O K E E P T F Q V Q O H A K W W I C V H

U L H V M L X M K V P P L X T L I A C G

N E A L I X J L E N P I Z U C E X V K O

I C C D W C P A R A L L E L O G R A M F

C Q E K H F T R K W K W J U O O Q O U L

E M D Q M I N E L G N A I R T Z B A B E

K D O J X E O Z B U S J K I X C G N N R

K F D D N S G H F R L X D Z T X W C W A

C S S S T H A F N V P T J I T O R U S U

D S Q V L D X N L K P R H O M B U S W Q

G Q U Z X G E E L G N A T C E R A N T S

L T O C T A H E D R O N M C A K Y B I E

X Q D L Y P F C N L V H C K E J A E L V

WORD LIST:

CIRCLE	HEXAGON	PENTAGON	SPHERE
CONE	KITE	PRISM	SQUARE
CUBE	OCTAHEDRON	RECTANGLE	TORUS
DODECAHEDRON	PARALLELOGRAM	RHOMBUS	TRIANGLE

DRAW A CIRCLE

DRAW A SQUARE

DRAW A TRIANGLE

DRAW A STAR

DRAW A HEXAGON

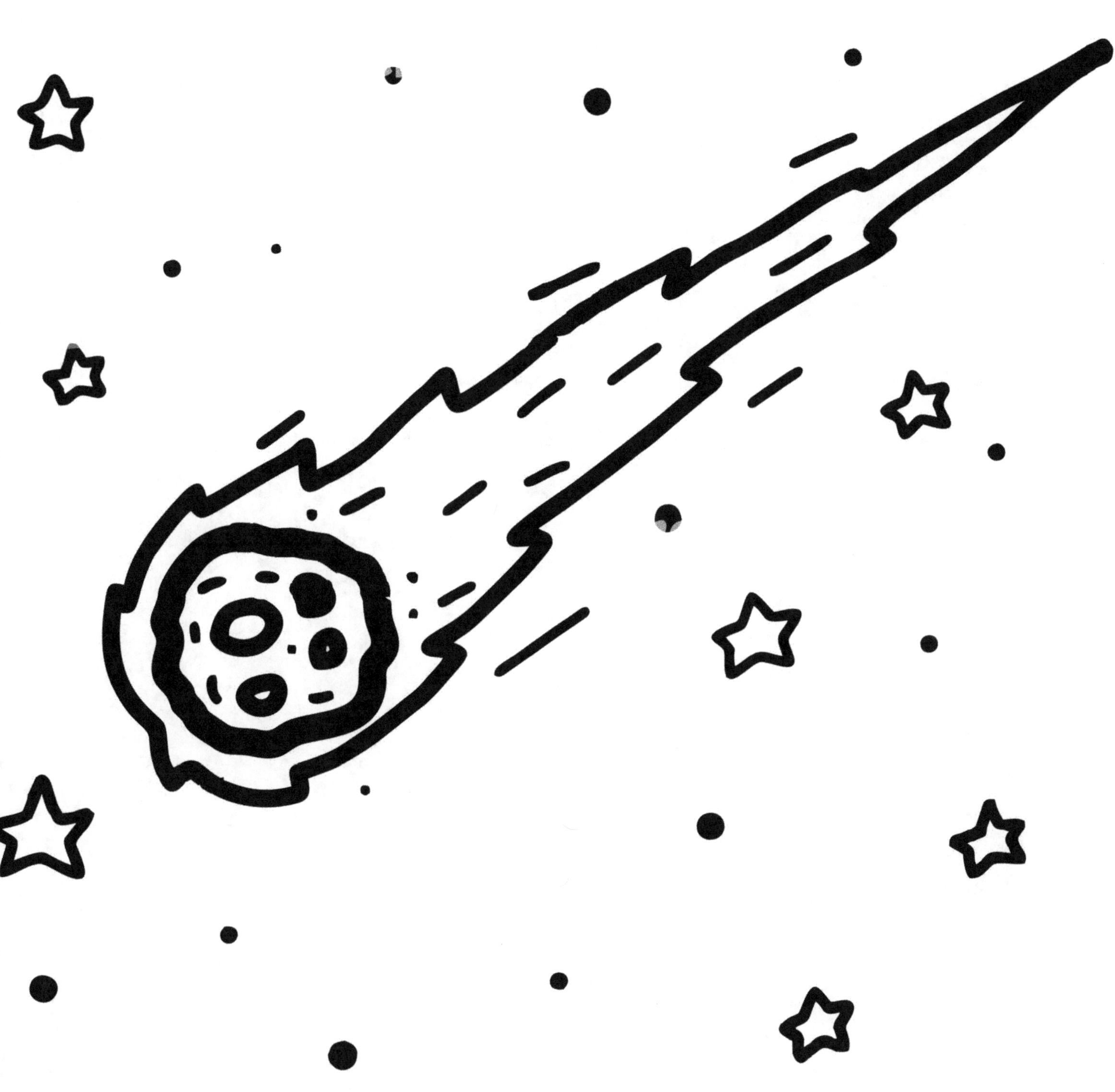

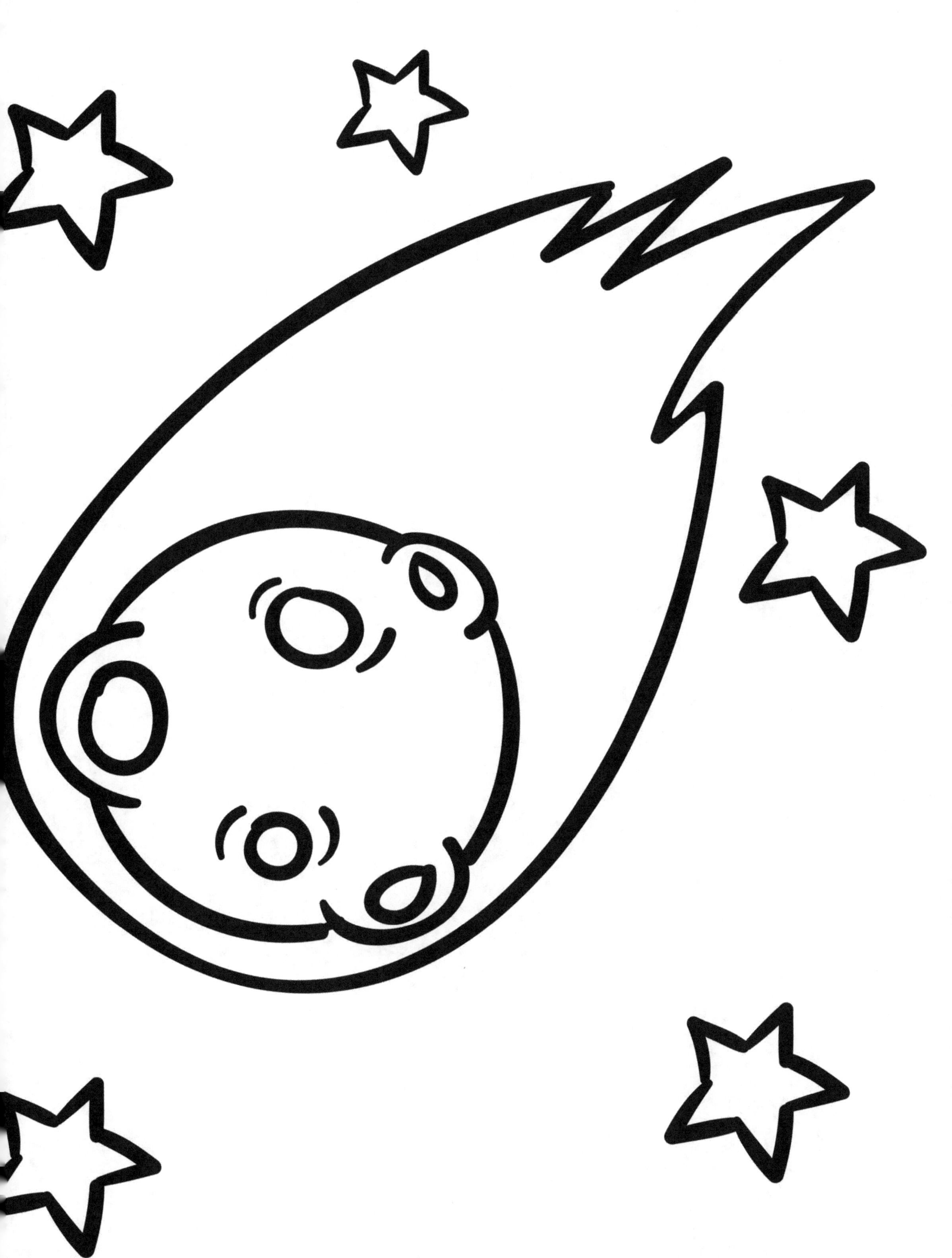

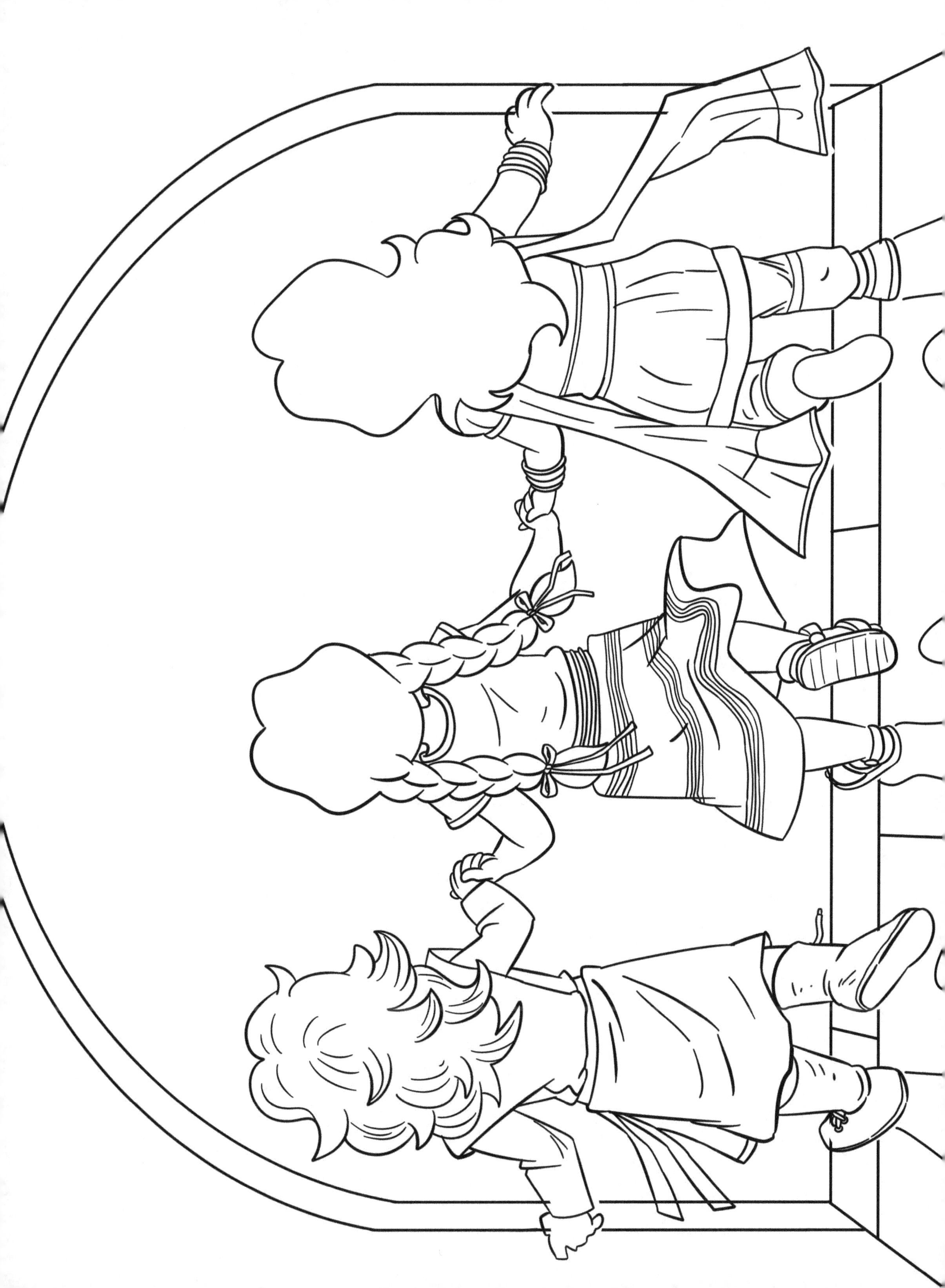

DRAW A ROCKETSHIP TO HELP THE KIDS GET BACK TO EARTH!

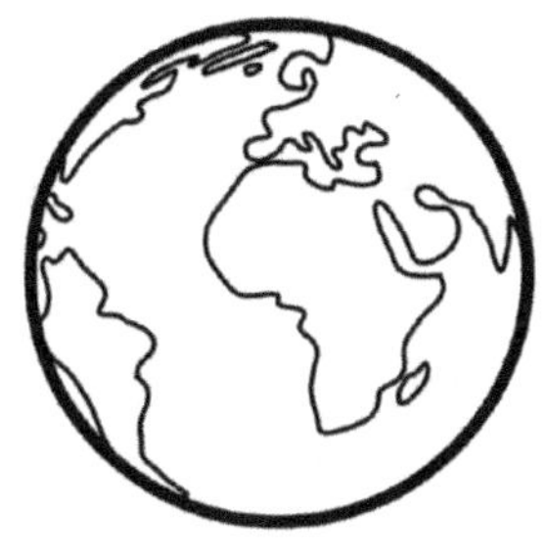

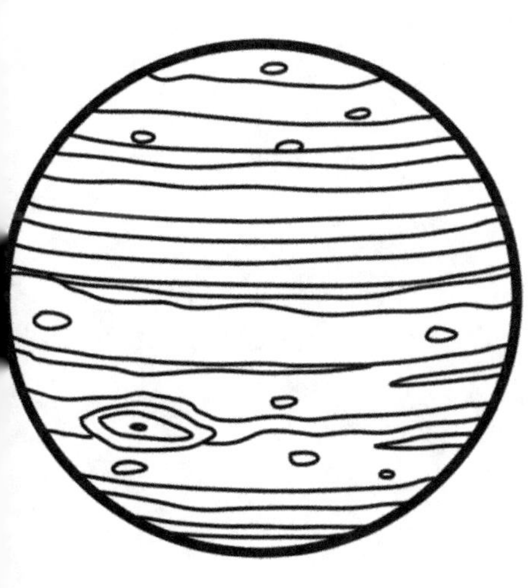

CHECK OUT OUR

Flora, Fabric & Fauna

COLORING BOOK SERIES

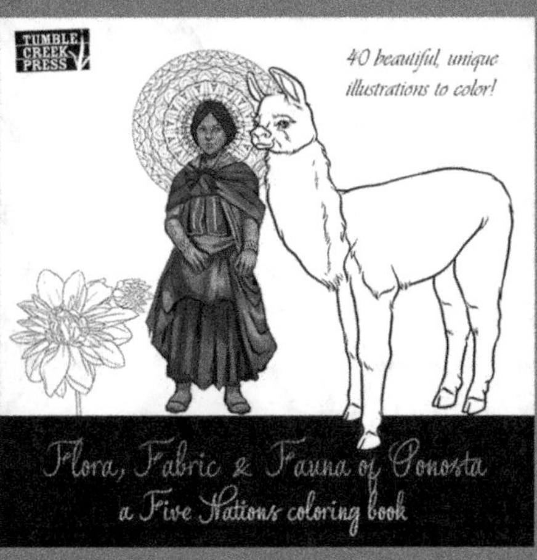

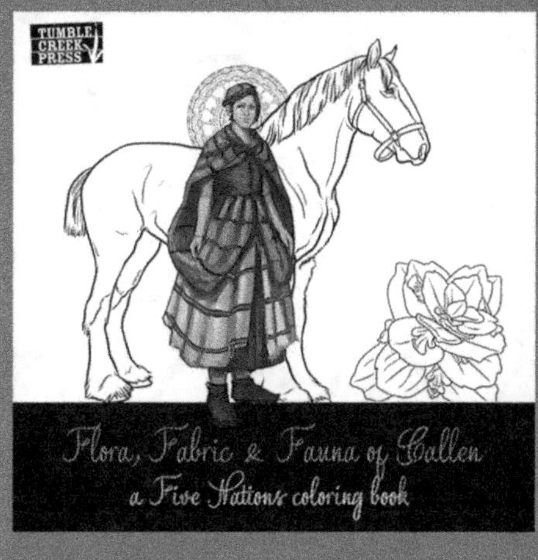

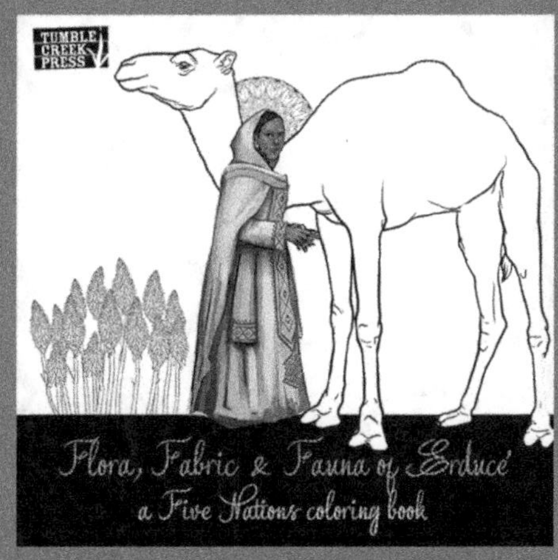

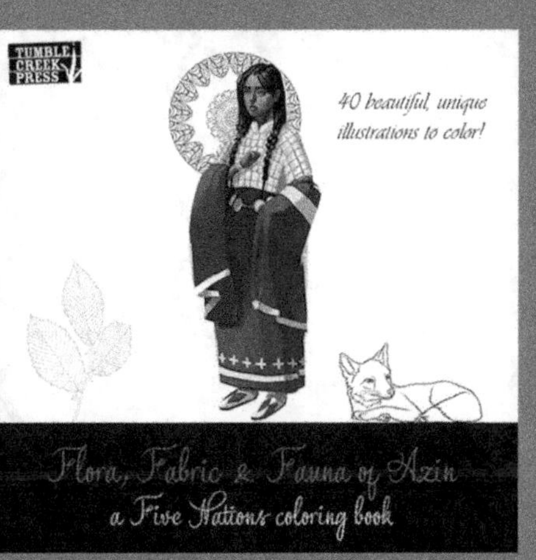

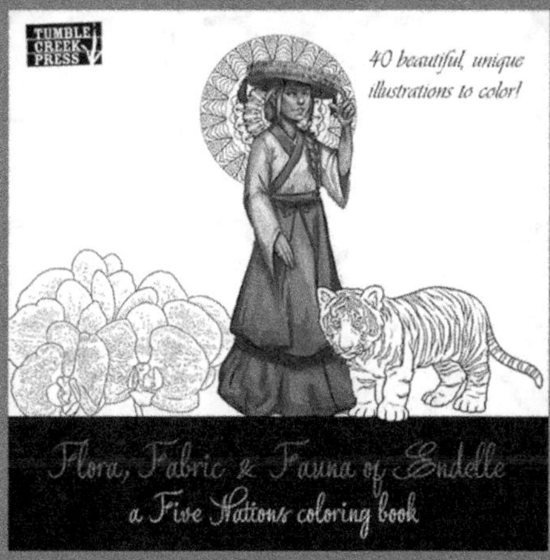

TumbleCreekPress.com

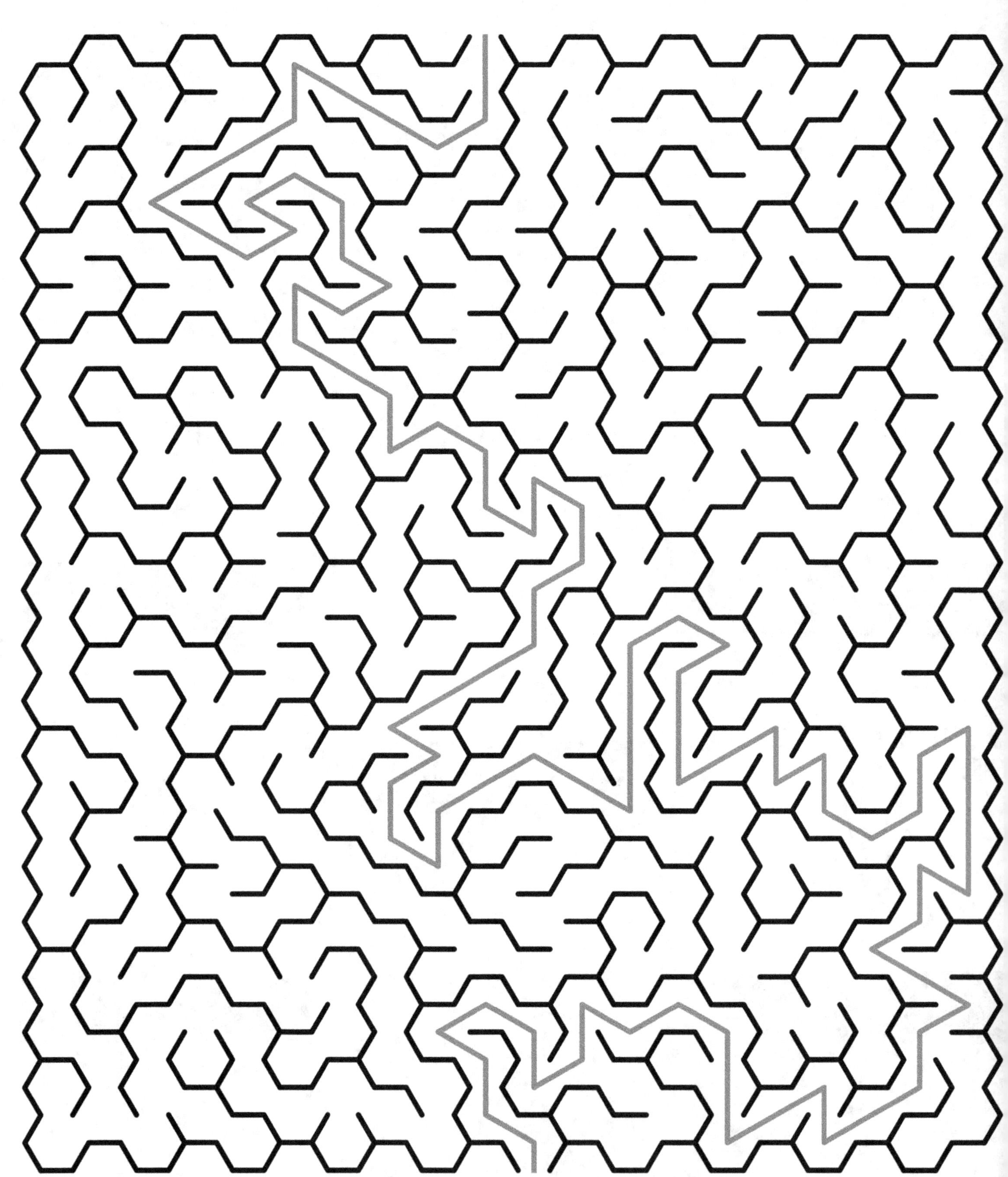

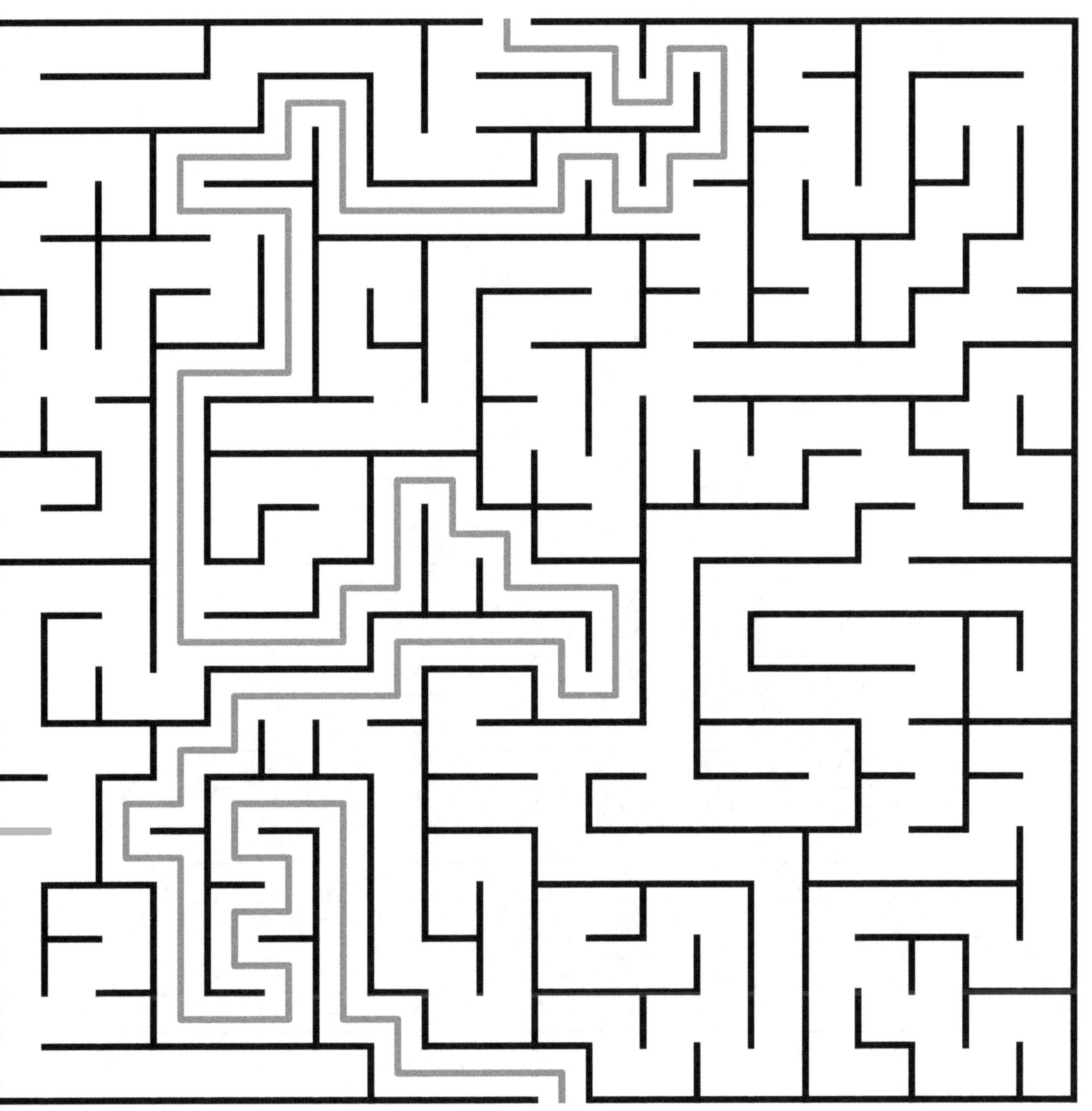

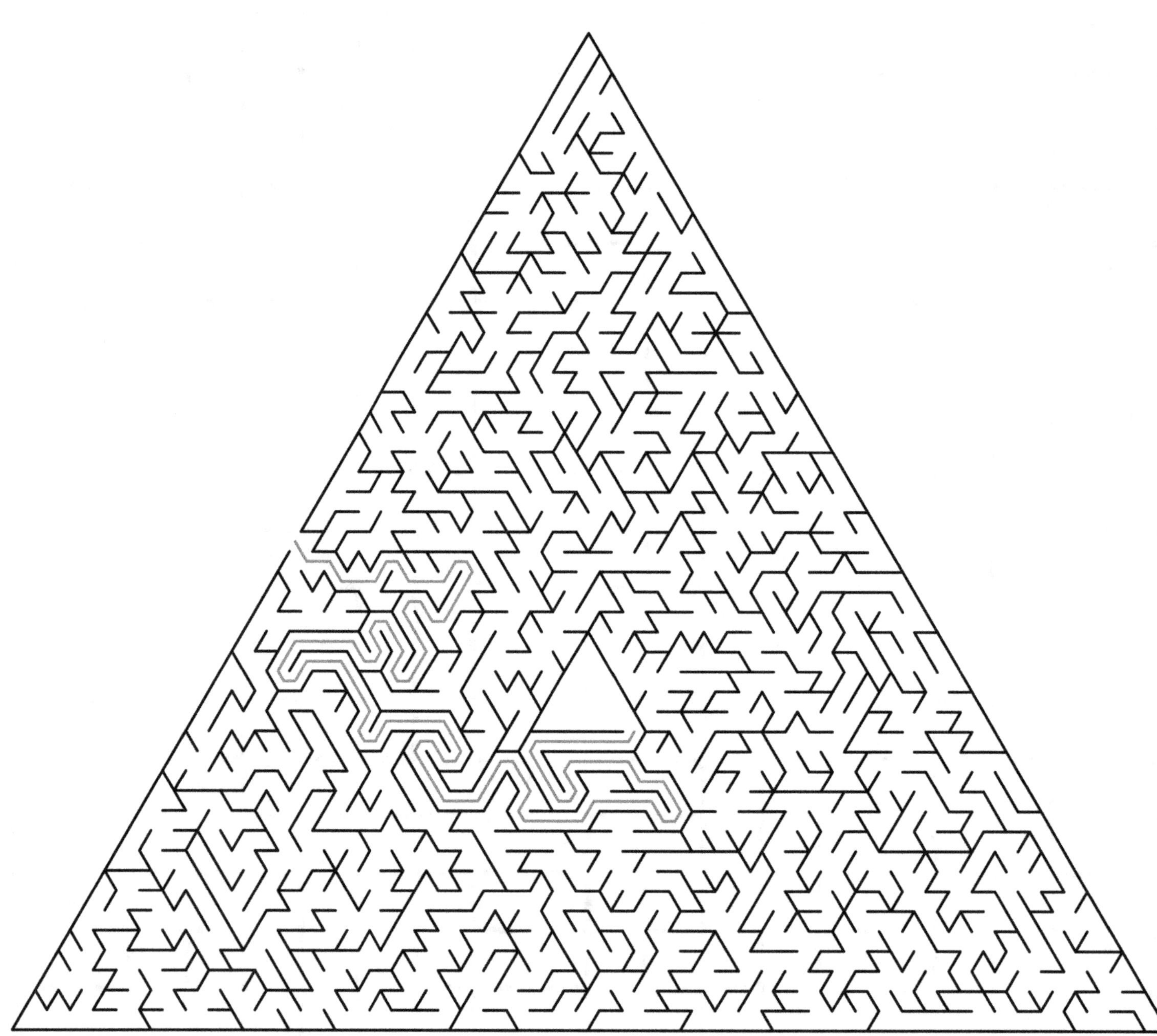

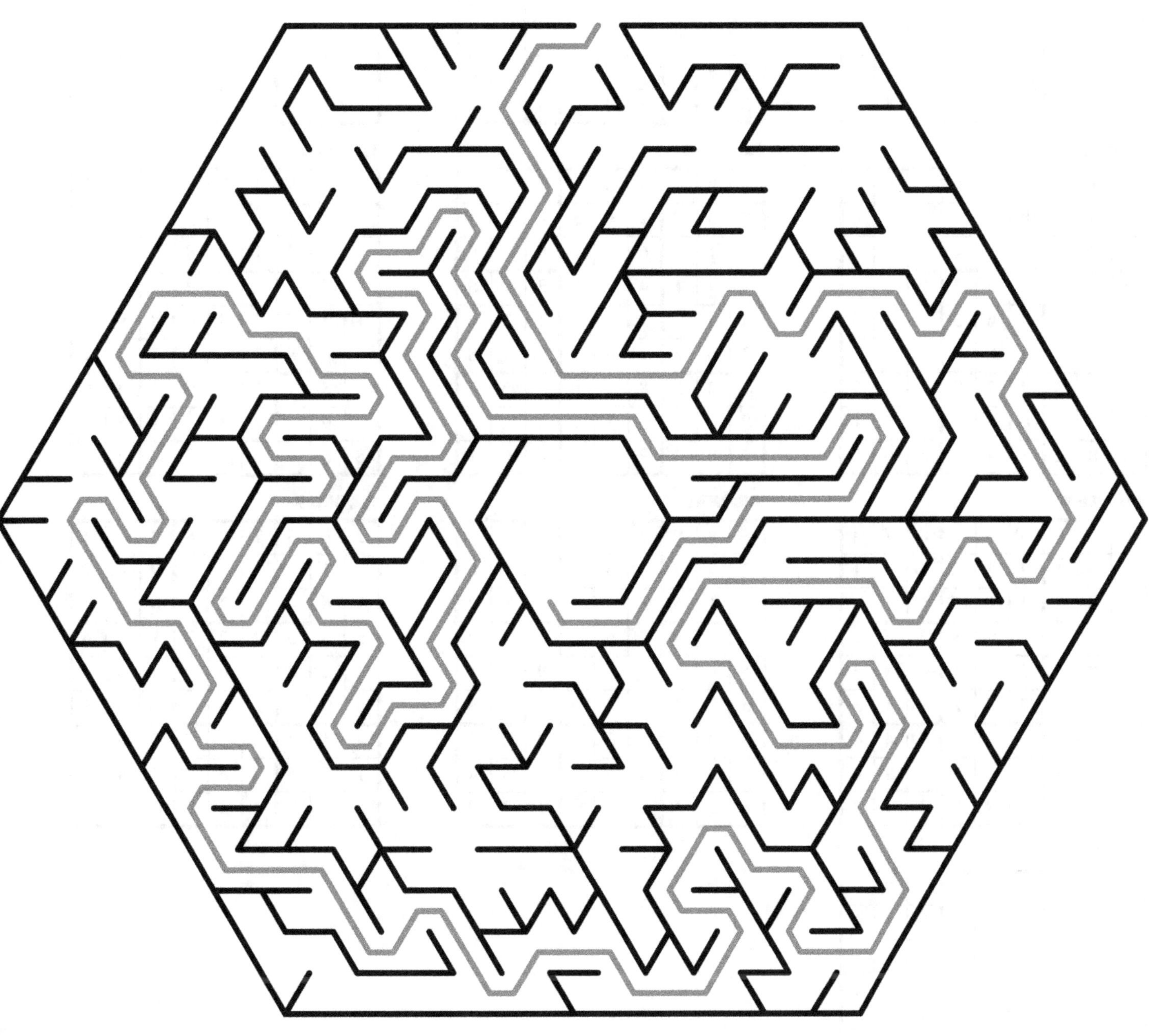

SUDOKU 1

7	3	2	1	5	9	6	4	8
1	4	9	6	2	8	5	3	7
6	8	5	4	7	3	2	9	1
9	1	6	7	3	4	8	2	5
8	5	7	2	9	6	3	1	4
4	2	3	5	8	1	7	6	9
3	7	4	9	6	5	1	8	2
2	6	1	8	4	7	9	5	3
5	9	8	3	1	2	4	7	6

SUDOKU 2

1	2	5	6	7	4	8	3	9
4	6	3	9	8	2	1	5	7
9	7	8	5	3	1	2	6	4
7	9	2	8	4	3	5	1	6
6	3	1	7	2	5	4	9	8
8	5	4	1	6	9	7	2	3
3	4	9	2	1	8	6	7	5
2	8	6	3	5	7	9	4	1
5	1	7	4	9	6	3	8	2

SUDOKU 3

1	5	4	2	3	7	6	9	8
6	8	3	9	5	4	1	2	7
2	7	9	8	6	1	5	3	4
9	6	5	1	4	3	8	7	2
8	3	2	6	7	9	4	5	1
7	4	1	5	2	8	9	6	3
3	9	7	4	8	6	2	1	5
4	2	6	3	1	5	7	8	9
5	1	8	7	9	2	3	4	6

SUDOKU 4

4	1	8	5	3	6	2	9	7
3	9	2	8	1	7	4	5	6
7	5	6	9	2	4	1	8	3
6	4	1	7	5	2	9	3	8
8	2	9	4	6	3	7	1	5
5	7	3	1	8	9	6	2	4
1	6	5	2	7	8	3	4	9
2	3	4	6	9	5	8	7	1
9	8	7	3	4	1	5	6	2

SUDOKU 5

4	9	6	3	8	1	5	7	2
7	3	8	2	9	5	6	1	4
2	1	5	6	7	4	8	3	9
6	7	1	4	2	8	3	9	5
8	4	9	7	5	3	1	2	6
3	5	2	1	6	9	7	4	8
1	2	3	8	4	6	9	5	7
9	6	4	5	1	7	2	8	3
5	8	7	9	3	2	4	6	1

SUDOKU 6

6	1	9	4	7	3	2	8	5
3	8	2	9	6	5	4	7	1
5	4	7	1	2	8	3	6	9
9	7	3	8	5	2	6	1	4
1	2	5	3	4	6	8	9	7
4	6	8	7	9	1	5	3	2
2	3	1	5	8	9	7	4	6
7	9	6	2	3	4	1	5	8
8	5	4	6	1	7	9	2	3

SUDOKU 7

1	2	9	6	3	5	8	7	4
7	6	5	9	8	4	2	3	1
3	4	8	2	1	7	6	5	9
5	1	3	4	9	8	7	6	2
2	9	7	3	6	1	4	8	5
4	8	6	7	5	2	9	1	3
9	3	2	1	7	6	5	4	8
8	7	4	5	2	3	1	9	6
6	5	1	8	4	9	3	2	7

SUDOKU 8

5	9	8	7	2	6	4	1	3
2	3	7	4	8	1	5	9	6
4	1	6	5	3	9	7	8	2
1	5	9	2	6	4	8	3	7
8	6	2	3	7	5	9	4	1
3	7	4	9	1	8	6	2	5
9	4	3	1	5	7	2	6	8
7	8	1	6	9	2	3	5	4
6	2	5	8	4	3	1	7	9

SUDOKU 9

2	8	5	7	9	6	3	1	4
3	1	7	8	5	4	9	6	2
9	6	4	3	2	1	8	5	7
5	4	3	9	7	8	1	2	6
7	2	8	1	6	5	4	3	9
6	9	1	2	4	3	7	8	5
4	3	2	6	1	7	5	9	8
1	7	6	5	8	9	2	4	3
8	5	9	4	3	2	6	7	1

SUDOKU 10

1	6	5	7	3	8	4	9	2
4	9	7	1	5	2	8	3	6
8	3	2	4	6	9	7	5	1
3	1	9	6	2	4	5	8	7
5	2	4	3	8	7	1	6	9
6	7	8	5	9	1	2	4	3
9	5	1	2	4	3	6	7	8
2	4	3	8	7	6	9	1	5
7	8	6	9	1	5	3	2	4

www.ingramcontent.com/pod-product-compliance
Lightning Source LLC
LaVergne TN
LVHW080322110826
845155LV00026B/185

* 9 7 8 1 9 5 3 0 2 6 0 1 9 *